Epitres des hommes obscurs du chevalier Ulric von Hutten traduites par Laurent Tailhade

Ulrich von Hutten

(Translator: Laurent Tailhade)

Alpha Editions

This edition published in 2023

ISBN : 9789357950701

Design and Setting By
Alpha Editions
www.alphaedis.com
Email - info@alphaedis.com

Contents

NOTE DE L'ÉDITEUR

Parmi les œuvres si variées du chevalier Ulrich von Hutten (1488 à 1524), les *Épîtres des Hommes obscurs*, souvent appelées *Épîtres des Hommes noirs* (dans le sens péjoratif de *obscurantins*) constituent celle qui eut un retentissement et une action considérables, en Rhénanie d'abord et en Allemagne ensuite, au temps où la Réformation, entreprise par une réaction de probité évangélique contre la corruption et la dégénérescence monacales, commençait à inquiéter l'autorité papale et transformer la vie et la pensée religieuses de l'Europe.

Ce n'est point seulement par un vif goût d'humanisme que Laurent Tailhade a été conduit à écrire une translation de ces documents dans une écriture aussi brillante et dans un sens aussi vivant que ceux du *Satyricon* ; plus d'une affinité apparentent le génie combattif du pamphlétaire allemand et celui du railleur étincelant à qui l'on doit *Au Pays du Mufle* et tant de pages où le sarcasme le dispute à l'écriture, une des plus équilibrées, harmoniques et françaises de ces années.

Ulrich von Hutten qui fit de rapides et belles études à l'abbaye de Fulde, a, en peu d'années, publié — depuis un *Ars Versificatoria*— jusqu'à ce *Traité du bois de gayaque* (considéré comme guérisseur de l'avarie). Guerrier, érudit, voyageur, connu des humanistes et des princes de l'Europe entière, redouté de la papauté qui tenta en vain de l'amener à Rome pour lui faire subir les douceurs extrêmes d'une conversion raisonnée, aimé de Charles-Quint, il eut une telle renommée inter-européenne que François Ier lui offrit — sans succès — un titre de conseiller. On sait qu'il dut fuir en Suisse où Zwingli lui fit accueil et qu'il s'éteignit dans une île du lac de Zurich, à Uffnau, sous les atteintes du mal qu'il chercha en vain à guérir. Cet ennemi, si haï des moines, gît sans tombe, alors qu'un cénotaphe lui est consacré dans un mur du couvent de Notre-Dame à Einselden.

Sa combattivité qui atteignit à un paroxysme de virulence lui valut de durables inimitiés et les jugements divers de ses contemporains autant que de ses critiques. La prude biographie de Michaud (que Stendhal traite souvent de menteur) dit qu'il *est de ces hommes moins célèbres par leurs talents que par l'abus qu'ils en font.* Luther, Mélanchton, Zwingli et même l'opportuniste Erasmus savaient le juger avec plus de pondération et reconnaissaient et son courage et son érudition, sans celer l'intempestivité de ce caractère violent. On ne l'a pas en vain appelé *L'Éveilleur* de l'Allemagne ; le juriste Camerarius vaticinait de lui « *Ulrich de Hutten aurait bouleversé l'univers si ses forces eussent secondé ses désirs et ses entreprises.*» Peut-être a-t-il manqué de chance, de mesure, de santé, ou plus simplement de génie constructif, pour être l'égal des grands incendiaires de l'Europe troublée.

Les *Epistolae obscurorum virorum* ont été de ses satires, celles qui eurent la lecture la plus considérable et les résultats sociaux prodigieux. Elles furent écrites pour la défense du philologue Reuchling († 1523) dans le procès de tendance que lui intenta le P. Hochstraten, dominicain d'origine brabançonne, prieur du couvent de Cologne qui était moins redoutable que redouté ; Bayle écrit de ce religieux : « *Il était amplement pourvu de toutes les mauvaises qualités qui sont nécessaires aux inquisiteurs et aux délateurs.*» Ulrich von Hutten lui livra une guerre telle que le rencontrant il voulut le tuer ; mais la pusillanimité du moine, à genoux devant lui, désarma le terrible chevalier qui se contenta d'humilier l'adversaire et de le battre du plat de son épée. Les bibliographes les plus réputés ont attribué à une collaboration la rédaction des premières *Lettres des Hommes obscurs*, 41, bientôt suivies de 40 autres et 8 épîtres dans des éditions successives et multipliées ; pour la date, ils sont peu précis, mais Bayle qui paraît informé de tout avec assez d'exactitude fixe la première édition à 1515. Il est indiscuté, en général, qu'elles ne soient l'œuvre de notre chevalier si implacable contre ces couvents où, au dire de l'évêque français M. de Camus, l'on trouvait plus de berceaux que de bréviaires[1]. L'effet de ces lettres virulentes auxquelles Laurent Tailhade a redonné — dans une langue merveilleuse — la verdeur et la nervosité qui en font une savoureuse lecture, fut tellement inattendu que les religieux s'y laissèrent prendre d'abord. Thomas Morus jugeait ainsi cette méprise :

[1] Ces reproches de morale se sont aggravés des accusations de paresse et d'ignorance si justifiées pour un très grand nombre de religieux du XVe et XVIe siècles ; un bénédictin disait à Trithème : « *Malumus abbatem aratorem quam oratorem.*» Ce mot qui serait excellent s'il signifiait qu'un moine laboureur vaut mieux qu'un bavard, trouve sa véritable interprétation dans cet autre propos de Césaire : « *Nos frères aiment mieux faire paître les troupeaux que lire les livres.*» Peut-être dans l'absolu, la Foi tint lieu de toute lumière, de toute connaissance. Saint Augustin qui avait connu la fermentation des doutes et l'inquiétude des recherches définissait le religieux : *Scienter pius et pie sciens* « il doit savoir avec piété et s'informer dans l'esprit de foi ». On cite les travaux considérables de St Jérôme et son fameux rêve qui le conduisit à renoncer aux charmes des lettres ; mais ce renoncement, on le sait, fut essentiellement provisoire et de pure rhétorique.

« *Il est curieux de voir combien les Épîtres plaisent aux savants et aux ignorants. Quand ceux-ci nous voient rire de tout cœur à cette lecture, ils s'imaginent que nous rions seulement du style qu'ils consentent à ne pas défendre ; mais sous cette langue un peu barbare, répètent-ils, quelles richesses! quelle abondance de maximes utiles et excellentes! C'est dommage que ce livre n'ait pas un autre titre! Il se passerait cent ans que ces imbéciles (les moines) ne comprendraient pas à quel point ils sont joués*» et Herder affirmait que « *ce livre est resté une satire nationale parce qu'il est plein de feu, d'esprit et de la plus merveilleuse exactitude*». Tant pis pour les religieux allemands du XVIe siècle!

Le traducteur semble s'être peu soucié d'exégèse ; il a bien fait ; il épousa par nature l'inimitié de Hutten pour les Hommes obscurs et il en a égalé dans sa traduction — la seconde en français à notre connaissance — toute la violence, le comique rehaussés de cet amour qu'il avait pour l'éclat d'une langue savante, vivante, réaliste et harmonique.

Ce texte de Laurent Tailhade qui compte parmi les œuvres les plus soignées de cet aristocrate de l'écriture, subit un sort singulier. Des extraits des Épîtres parurent en 1906, dans *la Phalange* ; l'étude sur Luther dans *le Mercure de France* ; il remania celle-ci et mit au point sa traduction ; le livre tout composé devait paraître ; un différend ou des pusillanimités reculèrent jusqu'à ce jour la publication d'un livre auquel les amis des belles lettres voudront bien reconnaître, avec l'intérêt historique qu'il éveillera maintenant sans passion, le mérite qu'on reconnaît au talent d'un humaniste, digne parent des écrivains de la lignée qui va de Villon à Rabelais, de Marot à La Fontaine, de Voltaire et Diderot à Anatole France.

RENE-LOUIS DOYON.

DOCUMENTS ICONO-BIBLIOGRAPHIQUES

Blason de Ulrich von Hutten.

« De gueule à deux bandes d'or. Cimier : un vol de gueule chargé, à dextre de deux barres, et à senestre de deux bandes d'or. »

Épitaphe.

Hic eques auratus jacet, oratorque disertus

Huttneus, vates carmine et ense potens.

Iconographie.

La plupart des portraits de Ulrich von Hutten sont de deux styles et semblent provenir de deux modèles : le portrait en pied et le buste ; ils ont été refaits et stylisés dans différentes éditions et de toutes manières. Un autre portrait représente le chevalier lauré ; les moines, pour marquer leur mépris du pamphlétaire, en firent l'usage que trouva merveilleusement Gargantua (au chapitre XIII de *la Vie très horrificque du Grand Gargantua*[2]). Ulrich von Hutten voulut, pour cette injure, mettre le feu au couvent et s'apaisa en lui infligeant une amende de mille pistoles.

[2] Comment Grandgousier congneut l'esperit merveilleux de Gargantua à l'invention d'un torche (cul.)

Index bibliographique.

Une réédition complète des œuvres de Ulrich von Hutten a paru en 6 volumes in-8° chez J. G. Reimer, à Berlin, 1821-1827.

Parmi les éditions princeps, il convient de citer :

Epistolæ obscurorum virorum ad venerabilem magistram Ortuinus, Gratiâ Peventriensem Coloniæ Aggrippinæ bonas litteras docentem viriis et locis et temporibus missæ, ac demum in volumen coactæ.

> Le colophon indique comme lieu d'édition Venise et comme nom d'imprimeur, le célèbre architypographe Alde. En dépit de cette indication, l'ouvrage a été clandestinement imprimé en Rhénanie. Une édition augmentée porte cette indication qui précise les rapports de Hutten avec la Suisse où il devait terminer sa vie :
>
> *Hoc opus est impressum Berne, ubi quator prædicatorum lucernæ illuminaverunt totam Suitensium regionem, antequam Hochstrat vexavit Joannem Capnionem* (c'est le surnom de Reuchlin). On

a joint souvent à ces éditions : *les Lamentations des hommes obscurs* parues à Cologne en 1518 (?) avec un singulier frontispice, mais là, l'imitation du genre est patente.

en grec : ΟΥΤΙΣ : Nemo, seu satyra de ineptis sæculi studiis et veræ eruditionis contemptu. Leipzig, Schumann, 1518.

C'est une satire des études « stupides de ce siècle et du mépris qu'il a de la véritable érudition » ; macaronade en vers latins : Personne (l'auteur) est coupable ; et dans la société, personne n'est coupable. Le volume est orné d'un singulier frontispice gravé sur bois *par* ou *d'après* Hans Cranach ; le dessin représente un fou costumé de feuilles effrangées et armé d'un balai à mouches, un hibou est perché sur sa tête ; le décor est d'une composition baroque. Il y eut une imitation française : *Les grands et merveilleux faits de Nemo, imités en partie des vers latins d'U. de H., et augmentés par P. J. A. Léon Macé Bonhomme.*

Ulrichi de Hutten eq.

De Guaici medicina et morbo Gallico, liber unus. Mayence, Scheffer, 1519.

Ce traité singulier a eu de nombreuses éditions tant en Allemagne qu'en Italie ; le chevalier traita gravement du mal dont il devait mourir. On remarquera, dans l'énoncé de ce docte sujet, les aménités nationales qui attribuent à des patries différentes, selon le traducteur, une avarie déjà connue sans étiquette ethnique, des Égyptiens.

L'expérience et approbation de Ulrich de Hutten, notable chevalier, touchant la médecine du boys dict de gaïacum, pour circumvenir et déchasser la maladie induement appelée françoise, ainçoys par gens de meilleur jugement est dicte et appelée la maladie de Naples.

Traduite et interprétée par maistre Jeham Cheradame Hippocrates, estudyant en la faculté et art de médecine.

On lit dans le colophon : Cy finist le livre de Ulrich de Hutten, de la maladie de Naples, nouvellement imprimé à Paris, pour Jehan Trepperel, libraire et marchant demourant à la rue Neufve Nostre Dame à l'enseigne de l'Escu de France.

On retrouve ce volume dans le fonds si riche du grand maître imprimeur si peu connu Louis Perrin :

Livre du chevalier Ulric de Hutten sur la Maladie française et sur les propriétés du bois de Gayac, précédé d'une notice historique sur sa vie et ses ouvrages, traduit du latin, accompagné de commentaires, d'études médicales, d'observations critiques, de recherches historiques, biographiques et bibliographiques par le Dr F.-F.-A. Potton. Lyon, Louis Perrin, 1865 in-8°.

Dialogi : Fortuna, Febris etc... Moguntiæ (Mayence), Schœffer, 1520.

> Avec un bois gravé représentant la Fortune tenant une corne d'abondance, debout sur un globe et portant une sphère sur la tête.

Conquestiones. Schott, Strasbourg, 1520.

> Ce volume *se termine* par un portrait gravé sur bois représentant le chevalier lauré ; l'image s'inscrit dans une couronne comportant quatre blasons de Hutten et ses aïeux.

Parmi les ouvrages traduits en français en plus de celui cité plus haut, voici les seuls connus :

Dialogue très facétieux et très salé, traduit du latin par Victor Develay, Paris, Librairie des Bibliophiles, 1870.

Lettre des Hommes obscurs. — (C'est la première édition en français.) Par le même — même édition.

Arminius, dialogue de U. v. H. traduit en français pour la première fois, texte latin en regard, par Édouard Thion, Paris, Lisieux, 1877.

LUTHER

I

Le drame politique et religieux qui, pendant plus d'un siècle et demi (1521, diète de Worms ; 1685, révocation de l'Édit de Nantes), mit en armes les puissances occidentales, entre-choqua les intérêts et les croyances, produisit, à la lumière des poètes, des héros, des martyrs : Anne Dubourg, Coligny, Agrippa d'Aubigné, Gustave-Adolphe. En France, Louis XIV — jésuite-roi qui savait à peine lire — consomma dans les ténèbres et le sang, par la révocation de l'Édit de Nantes, par l'horreur des Dragonnades, cette crise de conscience, révolte de la foi, de la pudeur allemande, contre l'avarice de Rome, les turpitudes, les crimes, les superstitions de la monacaille et de la Cour apostolique ; la Réforme eut comme prologue un immense éclat de rire, une bouffonnerie, et les quolibets, et les sarcasmes de junkers en belle humeur. La sordide persécution, intentée à Reuchlin par les antisémites d'alors, provoqua l'indignation des humanistes. Sous un nom grécisé, d'après l'usage ridicule qui faisait alors de Bombast, Paracelse et Démochares du sinistre Antoine de Mouchy, le docteur Reuchlin, auteur du *Dictionnaire hébraïque*, travesti en Capnion (fumée), remontant aux sources, accréditait parmi les érudits la Bible juive, situait les origines du dogme chrétien dans les écritures d'Israël, au grand scandale, au déchaînement de l'Orthodoxie et la Stupidité, ces deux sœurs jumelles. Moines, inquisiteurs et pédagogues, tout ce que la « Sainte Cologne » élevait dans la crasse, dans la bêtise des couvents et des écoles, toute la démagogie obscurantine, arrosa copieusement Reuchlin d'eaux grasses et d'injures. Elle soudoya des insulteurs. Elle eut recours à la police. En vain! La raison et la vérité l'emportèrent, même à Rome, sur ces querelles de tondus.

Les amis de Reuchlin triomphèrent. A leur tour, ils prirent l'offensive. Ils arrachèrent aux dominicains leur froc sanglant et redouté. Ils firent voir dans le nu malpropre de « leur Adam » ces balourds nidoreux, cuistres de la Germanie et des Pays-Bas.

Ils ouvrirent la porte des ergastules sacrés où les moines de toutes robes déformaient le crâne de leurs disciples. Ce fut dans la jeune Allemagne une croisade contre les Janotus confits en saint Thomas « échauffés sur les annates, les expectatives et les restrictions » (H. Heine), les Janotus dont Rabelais, encore que fort entaché lui-même d'hellénisme et de latinité scolaires, devait, bientôt après, donner une image éternelle avec « son lyripipion théologal et son chef tondu à la césarine ».

Les *Lettres des hommes obscurs* du chevalier Ulrich Von Hutten furent la première escarmouche des poètes séculiers contre les « sorbonagres », de la Renaissance contre le Moyen Age, de l'esprit moderne contre la vieille routine et les dogmes surannés. Lentement, une à une, elles parurent comme la *Ménippée* ou, comme un siècle et demi plus tard, les *Provinciales*. Ce furent des feuilles volantes que l'on se passait de main en main, dont les plus naïfs prenaient copie et que les dominicains de Cologne reçurent, tout d'abord, avec beaucoup d'édification, comme l'œuvre d'un ami.

L'auteur, qui déjà s'était fait connaître par des opuscules didactiques et des tracts où s'avérait l'impérialisme le plus pur comptait dans le monde érudit force amis et des patrons de marque. Érasme l'encourageait, le lâche et faible Érasme qui devait plus tard le renier avec autant de bassesse que d'opiniâtreté. Il avait pour compagnons et frères d'armes les plus humanistes, ceux qui, aux sottes imaginations de la littérature ecclésiastique, aux « lettres divines », comme on disait alors, opposaient la beauté des lettres humaines, dont ils prirent leur nom, élevaient des autels à Virgile, saluaient, dans les poètes reconquis du polythéisme antiques, les dieux éternels des esprits civilisés. Reuchlin, Eoban Hesse, Sébastien Brant, la Pléiade — poètes et juristes — de Mayence, de Leipzig, de Wittemberg, de Vienne, prodiguaient au jeune Hutten les plus hautes louanges.

Néanmoins les *Lettres des hommes obscurs* ne portèrent tout d'abord d'autres signatures que les noms ridicules de leurs auteurs supposés. La plupart s'adressaient à maître Ortuinus, professeur de théologie et l'un des cuistres les plus fameux dont s'enorgueillissait l'école de Deventer. Elles retraçaient les hésitations, les aventures graveleuses, les bonnes fortunes scolastiques des jeunes tondus, ses élèves, les tentations de leur « frère Ane » sous les aiguillons de la jeunesse. Elles imploraient des conseils, des recettes amoureuses et pharmaceutiques. Elles notaient heure par heure la germination de la bêtise dans leur caboche tonsurée. Elles parlaient des maîtres d'alors avec un respect imbécile et d'autant plus touchant : Arnauld de Tongres (le docteur Cap d'Auque) et surtout Jacobus de Hoogstraten, prieur des Dominicains à Cologne, dont ils suivaient ferme les errements, surtout dans son affaire avec Reuchlin sur le propos des livres juifs. Pour goûter le sel des *Hommes obscurs* et sous la pesanteur de la « redondance latinicone » en vogue chez les érudits du XVIe siècle ; pour découvrir un humour à la Voltaire où la raillerie assaisonne la plus fervente pitié ; pour lire en connaissance de cause Hutten, qui fut vraiment le Lucien de la Renaissance germanique, il importe de connaître avec un certain détail ce conflit, suscité à propos du *Talmud* et du *Zohar* que Reuchlin dans son traité *de Verbo mirifico*, suivant les chemins frayés par Pic de la Mirandole et le vieillard Florentin Gémiste Plethon, rattachant Socrate à Pythagore, Pythagore aux Hébreux, proposait à la vénération des cœurs justes et des intelligences éclairées. La persécution dont il fut l'objet de la part des moines, persécution qui se termina d'ailleurs par un triomphe, peut passer pour la première épiphanie de l'antisémitisme, dans sa forme actuelle. On ne brûlait plus en Allemagne que les sorciers et les faux monnayeurs. Mais de temps à autre, un massacre fomenté par les ordres mendiants, par les « bons pauvres » et la ribaudaille des écoles, sous prétexte d'hosties sanglantes ou d'enfants égorgés, corroborait la foi des personnes pieuses, donnait un regain appréciable d'activité à la vente des indulgences qui, dans les premières années de la Renaissance, fut, en attendant Luther, la grande affaire de la Papauté. Mais ces meurtres populaires, ces échauffourées autour des “judengassen”, n'avaient pas le retentissement et, peut-on dire, l'exemplarité d'une condamnation à mort ou tout au moins à la détention perpétuelle d'une personne illustre. Le docteur Reuchlin, traducteur de Térence, auteur d'une comédie aristophanesque où les porteurs de froc étaient joués en ridicule, Reuchlin qui, dans son traité d'homélistique, se moquait à leur barbe sale des Prêcheurs, de saint Thomas, des réalistes et des discours qu'ils faisaient, voilà certes une victime dont se fussent enorgueillis les inquisiteurs d'Allemagne! On n'attaque pas de front un homme, protégé des princes ecclésiastiques, familier de l'empereur, anobli par Maximilien lui-même, comte palatin, fort ancré dans la bienveillance impériale grâce à l'amitié que lui portait le médecin juif de César et par l'heureux succès d'une mission diplomatique auprès du pape Alexandre VI. Mais on peut calomnier, salir, prodiguer les pasquils injurieux, donner une interprétation infâme aux gestes les plus simples, insister, mentir, s'acharner, dire qu'il ne fait pas jour en plein midi et, comme les sorcières de Macbeth, « que le beau est affreux, que l'affreux est beau », que les victimes égorgent les tortionnaires, que les frustrés, les humiliés, les écrasés sont les larrons, les insulteurs et les bourreaux. La calomnie avait pris au service de l'Église une force redoutable. C'était déjà la méthode expliquée à Bartholo par don Basile dans le couplet fameux de Beaumarchais et la non moins célèbre cavatine d'*Il Barbiere*. Le Basile teuton du XVIe siècle donna la formule. Ses dignes héritiers la mirent en œuvre. De génération en génération, l'Église refondit le poignard, et, mieux trempé, l'aiguisa. Pareille à Locuste, elle fit lentement recuire le poison. Les fils de Hoogstraten, les hommes obscurs élevèrent, comme un défi, leur citadelle de mensonge, falsifiant les textes, déprédant les archives, donnant à l'évidence un perpétuel et cynique démenti. Le faux devint leur instrument de choix, tant pour instruire la jeunesse que pour fomenter les réactions.

Si Reuchlin ne succomba pas à la conjuration des haines et des impostures, c'est qu'il eut avec lui ce prodigieux éveil de l'esprit humain qui jeta les chrétiens dans la Réforme, en même temps qu'il rendait aux juristes et aux poètes le sens, aboli depuis dix siècles, du Droit et de la Beauté.

Pour perdre le comte Reuchlin, les Dominicains de Cologne avaient dans leur clientèle un homme incomparable, un homme plein de talent et d'intrigue qui, plus tard, eût fait un valet de Regnard ou de Molière, qui, au début du XXe siècle, aurait su, de reniements en reniements, franchir tous les degrés de la splendeur sociale, tour à tour parlementaire, orateur assermenté de la Haute Banque, ministre d'État et aussi roi que peut l'être de nos jours un Stuart ou un Bourbon.

Il se nommait Pffefferkorn, c'est-à-dire « Grain-de-Poivre », suivant l'usage où sont les rabbins d'imposer un sobriquet ridicule aux catéchumènes dont les offrandes témoignent d'une certaine parcimonie. On connaît de nos jours quelques israélites qui se prénomment « Tête de Cochon » ou « Mandat-poste », pour ne citer que des vocables à peu près congrus. Donc, Pffefferkorn s'était converti au christianisme sans devenir pour cela directeur d'un journal aussi mondain que bien pensant, ni convoler avec une de ces fières Allemandes qui, pareille à la Cunégonde de Voltaire, ne peuvent, même après les plus scabreuses aventures, épouser un roturier. Cependant, Grain-de-Poivre, enflé, depuis son baptême, en Dom Johannes Pffefferkorn, menait la vie exemplaire d'un laïque pieux. Il rendait au clergé tous les services occultes que l'on ne peut confier qu'à des amis sûrs. Il faisait les commissions délicates et prenait à son compte les gestes hasardeux.

« Ce dangereux intrigant, dit Michelet, voulant se faire jour à tout prix, avait essayé de se faire accepter pour Messie aux juifs qui s'étaient moqués de lui. De rage, il s'était donné âme et corps aux Dominicains, se mettant au service des terribles projets de l'Ordre. Inquisiteurs en Espagne, ils voulaient l'être en Allemagne ; il n'y avait pas là de Maures à brûler, mais il y avait les sorciers, les juifs ; toute machine était bonne pour arriver à ce but. La presse, nouvelle encore, déjà arme terrible dans la main de la tyrannie, multipliait les légendes nouvelles, les livres de prières, les pamphlets sanglants des Dominicains. Mysticisme et fanatisme, vierge et diable, roses et sang humain, tout roulait mêlé au torrent. L'inventeur du rosaire, Sprenger, publiait en même temps l'horrible *Marteau des sorcières.* »

Ce fut pour obéir à ces féroces protecteurs que Pffefferkorn, calomniant son peuple et traînant au ruisseau la gloire d'Israël, déclara les livres juifs pleins d'infamie et de sacrilèges, d'insultes, dont l'Ancien Testament éclabousse le Nouveau. Pour châtier ce crime de lèse-majesté divine et mettre la populace en appétit d'autodafés, « Pffefferkorn rejoignit l'empereur à son camp de Padoue et surprit du prince étourdi un ordre général pour brûler les livres des juifs ». Cela, bien entendu, par manière de passe-temps, avec l'espoir d'une répression plus sérieuse. En attendant, Sprenger brûlait sorciers de douze ans, femmes grosses, un peuple entier. Il donnait, dans son *Marteau*, l'étymologie en faveur chez les moines du mot « diable » : « Diabolus vient de deux mots, dia « deux » et bolus « pilules », parce que le Mauvais Esprit fait de l'âme et du corps deux pilules qu'il avale d'un seul trait. »

Avec de si profonds latinistes, un homme tel que Reuchlin eût été fou d'intenter la plus minime controverse. D'autant plus que le prieur des

Dominicains, Jacques de Hoogstraten, intervenait en personne déclarant « que connaître de ces choses était le droit de l'Empereur, la nation juive ayant autrefois reconnu l'autorité du Saint-Empire romain par-devant Ponce-Pilate ».

Et c'était bien le cri haineux de l'Obscurantisme que poussait, du fond de son cloître et de ses ténèbres, l'âne mangeur de chair humaine. Par delà ce *Zohar*, ce *Talmud*, cette *Kabbale*, inabordables et répugnants à la plupart des hommes, il poursuivait la suprême hérésie. Il brandissait la torche enflammée et sans lumière qu'entre ses babines écarlates porte le dogue du Saint-Office, la torche qui brûla jadis les manuscrits du Sérapéum, non certes contre un livre en particulier, mais contre le Livre, contre ce véhicule irrésistible de la pensée indépendante, de l'esprit scientifique et du libre examen. Soixante ans plus tôt, le sorcier Faust, le thaumaturge Guttenberg avaient commis le crime de produire au grand jour l'esprit des âges révolus, de l'emmener hors du sanctuaire, loin des bibliothèques où chartreux, bénédictins couvraient de leurs pieuses sornettes les parchemins sacrés de Virgile ou d'Euripide. Pour un tel méfait, les conteurs édifiants avaient damné Faust, non sans, autour de son désastre, accumuler force conjonctures aggravantes. Mais la voie offerte à l'intelligence humaine restait ouverte. La damnation de Faust, non plus que le bûcher de Dolet condamné à l'affreux supplice pour avoir imprimé le *Phédon*, ne pouvait arrêter la diffusion de la clarté. Les missionnaires qui, sous la Restauration, aux sombres jours de 1816, firent jeter au feu par les bourgeois fanatisés l'*Encyclopédie* et le *Dictionnaire philosophique*, ont-ils effacé la grande âme de Diderot, la conscience lumineuse et pitoyable de Voltaire, dans le souvenir de leurs enfants?

Quoi qu'il en soit, le Dominicain Hoogstraten et son exécrable Grain-de-Poivre ne réussirent qu'à moitié. Le Conseil Impérial n'avait pas consenti d'emblée à la destruction des livres juifs. Premier que d'en venir à cette extrémité, il voulut prendre l'avis d'un personnage docte et de bon renom, d'un laïque versé dans l'exégèse et dans la sémantique. Il porta Reuchlin à cet emploi dangereux ; il raviva contre cet honnête homme la haine de Hoogstraten, de ses moines et de ses suppôts. En esprit miséricordieux, Reuchlin conseillait, à côté de la Bible, si peu connue alors des fidèles et même du clergé, de garder le *Talmud*, la *Kabbale*, les commentaires philologiques de l'Écriture, les livres liturgiques, d'anéantir seulement ce qui traitait de la goétie et des sciences occultes. C'était peu. Aussi les Dominicains lâchèrent-ils de nouveau leur Pffefferkorn. En 1511, Grain-de-Poivre, toujours intrigant et furieux (le baptême ne les améliore pas!) rouvrit les hostilités. Cette fois, il ne prit aucun détour. Il attaqua directement Reuchlin dans le *Miroir à main* (Handspiegel), pamphlet imbécile, venimeux et balourd qui fait songer à l'apostrophe dont Victor Hugo, en 1852, saboulait « quelques journalistes de robe courte », à savoir : Montalembert, Riancey, Veuillot surtout, qui néanmoins avait plus de talent que Pffefferkorn.

Parce que jargonnant vêpres, jeûne et vigile,
Exploitant Dieu qui rêve au fond du firmament,
Vous avez, au milieu du divin Évangile,
Ouvert boutique effrontément ;
Parce que vous feriez prendre à Jésus la verge,
Sinistre brocanteur sorti on ne sait d'où ;
Parce que vous allez vendant la Sainte Vierge
Dix sous, avec miracle et sans miracle, un sou ;
Parce que la soutane est sous vos redingotes,
Parce que vous sentez la crasse et non l'œillet,
Parce que vous bâclez un journal de bigotes
Pensé par Escobar, écrit par Patouillet ;
Parce qu'en balayant leurs portes, les concierges
Poussent dans le ruisseau ce pamphlet méprisé,
Parce que vous mêlez à la cire des cierges
Votre affreux suif vert-de-grisé ;
Parce qu'à vous tout seuls vous faites une espèce,
Parce qu'enfin blanchis dehors et noirs dedans,
Criant mea culpa, battant la grosse caisse,
La larme à l'œil, la boue au cœur, le fifre aux dents ;
Pour attirer les sots qui donnent tête-bêche
Dans tous les vieux panneaux du mensonge immortel,
Vous avez adossé le tréteau de Bobêche
Aux saintes pierres de l'autel ;
Vous vous croyez le droit, trempant dans l'eau bénite
Cette griffe qui sort de votre abject pourpoint,
De dire : « Je suis saint, ange, vierge et jésuite.

J'insulte les passants et je ne me bats point. »

Après avoir lancé l'affront et le mensonge,

Vous fuyez, vous courez, vous échappez aux yeux.

Chacun a ses instincts, et s'enfonce et se plonge,

Le hibou dans les trous et l'aigle dans les cieux!

Grain-de-Poivre ne plongea pas si vite dans son trou, qu'une sagette barbelée et térébrante ne le vînt atteindre. L'oiseau de nuit était marqué par un archer aux coups redoutables et sûrs. Le bon Reuchlin riposta au libelle de Pffefferkorn par le *Miroir des yeux* (Augenspiegel) ; il remit à sa place le sycophante juif, le triple drôle, affilié pour de l'argent à la Congrégation. La réplique fut rude, sans aucun des ménagements qui servent aux modernes, quand ils éprouvent le besoin d'édulcorer leurs aconits et leur ciguë. Il faut lire les « auteurs gais » de cette époque, les contemporains allemands de Rabelais pour imaginer à quelle grossièreté vont naturellement ces buveurs de bière, dès que leurs choppes les ont mis en gaîté. Les facéties de Bébelius, la légende (si souvent refondue, adoucie et transposée en beau langage de Til Ulenspiegel), ne répondent précisément pas à l'idée agréable qu'éveille en nous le mot « espièglerie ». Une sorte de verve pesante, une jovialité d'ours en belle humeur, que l'on retrouve dans les deux trop fameuses lettres de la Palatine, emplissent d'incongruités ces propos de table à divertir les junkers et les étudiants : *gaudeamus igitur!* Panurge, au regard de pareilles énormités, semble quelque peu nuancé de gongorisme ; Tabarin lui-même prend tout de suite un air modeste et renchéri.

MARTINUS LUTHERUS
PORTRAIT DE MARTIN LUTHER

Le *Miroir des yeux*, en même temps qu'il faisait voir à Pffefferkorn sa vilaine image, produisait sans flatterie aucune la silhouette d'Hoogstratem. D'être bafoué devant tous, humilié dans son amour-propre, atteint dans sa dignité, le redoutable prieur conçut une de ces rages qui ne pardonnent point, la rage froide et vindicative du prêtre. Il se mit sur le pied de guerre et combattit, à son tour. Certes, Reuchlin portait de nobles armes : l'esprit, la raison, la science, le talent. Hoogstraten, lui, n'avait que le bûcher. De connivence avec Arnold de Tongres, principal au collège Saint-Laurent, avec Ortuinus Gratius, de Deventer, ce même Ortuinus auquel Rabelais, dans la bibliothèque de Saint-Victor, attribue un volume dont le titre ne se peut énoncer, Hoogstraten, « héréticomètre » de Pantagruel, dressa contre l'humaniste une accusation formelle d'hérésie. Il fit tenir à l'Empereur les propositions suspectes de judaïsme, les extraits savamment choisis dans les ouvrages du docteur par Arnold de Tongres, un idiot pédant. Reuchlin se fâcha sérieusement, cette fois. Il écrivit un plaidoyer si véhément et de ton si monté que le faible Érasme ne lui pardonna point cette chose effrayante. Décidément, les choses tournaient mal. Quelque désir qu'il en eût, Maximilien ne pouvait passer l'affaire sous silence.

Reuchlin avait pour lui, en France, en Italie, en Allemagne, ceux qu'on désigna plus tard sous le nom d'« intellectuels ». Hoogstraten menait à sa suite les professeurs de théologie et les maîtres de sentences, les logiciens en « baroco » et en « baralipton », résonnant à perte d'haleine sur l'hircocerf et le draconcule, sur l'essence et l'accident, les gradés : bachelier ou maître ès arts, puis la troupe même des obscurs : moine, moinillon, capets et tonsurés.

En 1514, le prieur des Dominicains citait Reuchlin à comparoir devant une commission ecclésiastique. Or, ce tribunal, peu enclin à désobliger le vindicatif « papimane », siégeait à Mayence, chacun de ses membres ayant été choisi et personnellement désigné par Hoogstraten. Donc, en dépit de l'évêque de Spire, malgré le bon vouloir du pape même, la vie, ou tout au moins l'honneur et les biens de Reuchlin étaient fort menacés. Nulle sauvegarde. Nul appui. Conscients de leur infirmité, les amis de Reuchlin voyaient se dérouler cette affaire de deux « miroirs », l'une des plus importantes que les juifs aient jamais déchaînée sur le monde occidental.

Une tempête grondait. Reuchlin, malgré tant de vertus et d'illustres protecteurs, voyait se rengréger les ténèbres et croître le péril. Déjà le sol tremblait. Des éclairs imminents fulguraient à l'horizon. Le triomphe d'Hoogstraten était proche, sans doute. Et lui, le pur lettré, le penseur intrépide, le sage et l'érudit, allait-il donner cette joie à ses lâches adversaires? Allait-il succomber sous cette racaille des universités et des couvents? Tout menaçait, tout craquait, se dérobait autour de lui, quand un éclat de rire le sauva.

L'auteur des *Hommes obscurs*, était en 1515, âgé de 27 ans. Il n'avait pour atteindre la fin de sa carrière que peu de jours encore devant lui. Usé, miné, torturé par la misère et par la maladie, ayant combattu, souffert, aimé la patrie allemande et recommencé après Dante le rêve gibelin d'un empire laïque, susceptible de faire échec à la Papauté, après avoir, dans la guerre des paysans et des bourgeois, suivi son ami Frantz de Scheckingen, comme lui chevalier, venu, comme lui, du Mein et de la forêt hercynienne ; survivant à la défaite du héros, il s'éteignit dans à peine la trente-cinquième année de son âge, avec pour dernier abri la maison doucement hospitalière du pasteur Schnegg, sur le lac de Zurich, où Zwingle, touché par tant de gloire et d'infortune, l'avait appelé, quand, trahi de ses amis, brouillé avec Érasme, atteint d'un mal qui ne pardonnait guère, presque sans pain, il voyait le soir allonger une ombre automnale sur le rapide chemin de ses beaux jours. Mais, au temps de lutte et de gaîté où la verve de Hutten flagellait de lanières cuisantes les maîtres de Cologne, ces funèbres pensers ne hantaient point sa noble intelligence. Frêle, mais si ardent à vivre, plein d'espoir, de poésie et d'endurance, il donnait sans compter ses forces, en même temps que son esprit, faisant largesse à tous, guerroyant, pindarisant, parlant du bois de gayac et d'Arminius, préconisant des remèdes contre le mal qui l'emportait, offrant à Charles-Quint sa fière indépendance, éconduit à Bruxelles par le jeune empereur et, de plus belle, rêvant pour ses camarades, pour lui-même une Athènes germanique où les Dieux de l'Olympe auraient eu leurs autels. Épîtres des Obscurantins! Quand parut sa ménippée, Hutten, jeune encore, était un homme aux traits accentués et délicats, aux longs cheveux d'un blond pâle, au visage encadré par une mousseuse barbe d'or, aux yeux d'une douceur féminine où l'enthousiasme, la colère, et, comme il disait, « le culte des Neuf Sœurs » mettaient de longues flammes. Un frontispice du *Triomphe de Capnion* le montre cuirassé, dans une armure aussi étrange que le morion et les jambarts de Don Quichotte. Sur sa maigre poitrine, la cuirasse de Galaor ou de Parsifal croupionne d'une façon ridicule, tandis que son regard nostalgique et sincère contemple je ne sais quel au-delà riche de lumière et de douceur. Autour du front une couronne de laurier plaquée de feuilles vertes. Elle supporte une toque de velours et complète l'ajustement bizarre de ce chevalier à qui l'épithète d'« errant » semble appartenir à l'exclusion de tous autres. Depuis qu'il échappa aux disciplines du révérend abbé de Fulde, Ulrich von Hutten pérégrina par les chemins, erratique en effet et désorbité, en proie à l'inquiétude, qui fait les vagabonds et les explorateurs.

Une formidable hilarité accueillit ses premières lettres. Déduites en un style négligé d'aspect, plein de germanismes, de locutions populaires et de trivialités scolastiques, elles sont d'une parfaite ironie et d'une surprenante mesure. Elles représentent les façons, la mentalité des jeunes clercs avec tant de vraisemblance qu'il faut lire plus d'une fois pour discerner la satire et l'intention vengeresse à travers les lignes monotones de ce pastiche sans égal.

Voici d'abord les apprentis moines aux prises avec les tentations du Monde, si l'on peut nommer ainsi les tavernières qui les hébergent et les adolescentes rieuses qui, le soir des fêtes patronales, dansent avec eux, au son du flageolet, quand les corporations accueillent dans leurs guildes les nouveaux venus. Un mépris naïf de la femme complique, chez ces jeunes grimauds, l'éveil de leur sexualité. C'est avec des doigts tachés d'encre et des gaîtés rudanières qu'ils abordent l'objet de leurs scolastiques amours. Des histoires confuses, possession, envoûtement, se combinent dans leur cervelle ignare à des obsessions moins chimériques. Vilpatius d'Anvers exhorte dom Ortuinus Gratius, le met en garde contre les stryges et les succubes, lui fait connaître comment on repousse leurs maléfices au moyen de sel bénit et d'oraisons appropriées. Conradus de Wickau lui raconte une histoire peu édifiante et quelles pretentaines égayent ses vingt ans. Hutten est dur, la plupart du temps, à la citation. Dès qu'il cesse de railler l'ignorance, la bêtise et l'instruction à rebours chez les disciples dont maître Ortuinus endoctrine le troupeau, sa plaisanterie a des façons tudesques. L'hypocrisie à la mode et le pharisaïsme verbal dont la France est engouée au début du XXe siècle, n'admettent guère ces fortes joyeusetés.

Outre la métrique, la poésie et les divers rythmes qu'ils ordonnent, outre les syllogismes cornus, ces bons jeunes gens étudient à leur manière les poètes latins. Ils sont bien fondés en théologie et, quand ils accouplent des vers, ce n'est pas sur des babioles, disent-ils, mais sur la couronne des saints. Comme ils pensent dévotement, plus acharnés à la doctrine de leurs maîtres que Thomas Diafoirus aux avis d'Hippocrate, ils haïssent les poètes nouveaux, déclament contre Philomusus, Escampativus et quelques autres fort oubliés, qu'ils traitent de jeanfoutres. On les imagine déambulant parmi les venelles et les carrefours de la « Sainte Cologne », emplissant la nuit de hurlements avinés, quand ils vagabondent, après boire, dans les quartiers déserts. La haute silhouette de la cathédrale apparaît sur le ciel nocturne, avec son dôme inachevé, ses clochetons et ses pinacles, tandis que le Rhin accompagne de sa plainte monotone les clameurs des jouvenceaux. A l'ombre du vieil édifice, leur bêtise s'épanouit!

C'est ici, dit Henri Heine, que la prêtraille a mené sa pieuse vie. Ici ont régné les hommes noirs que Hutten a décrits. Ici Hoogstraten distilla ses dénonciations. Ici la flamme du bûcher a dévoré des livres et des hommes, et les cloches tintaient et on chantait *Kyrie eleison.*

Mais le stupide fanatisme n'absorbe pas les jeunes clercs au point d'empêcher qu'ils ne deviennent « très profonds », versés dans les sciences orthodoxes. Il en est une que leur entendement s'approprie avec délices, je veux dire la Mystique. C'est l'art de donner aux faits mythiques ou sociaux une interprétation bizarre, saugrenue et falote, de chercher dans les poètes antiques la « préfiguration », comme ils disent, du christianisme et autres subtilités dogmatiques, mais idiotes. C'est la mythologie comparée à Charenton.

Voici frère Conradus Dollenkopsius, qui fait part à Ortuinus de son érudition.

« Je prends tous les jours, dit-il, une leçon de poésie, où, par la grâce de Dieu, je commence à faire un progrès admirable. Je sais déjà toutes les tables d'Ovidius en sa *Métamorphose* ; de plus, je sais les interpréter quadruplement, à savoir naturellement, littéralement, historiquement et spirituellement, science que n'ont pas les poètes séculiers.

« Dernièrement, j'ai poussé à l'un d'eux cette colle : d'où vient le nom de Mavors?

« Il me donna une explication qui n'est pas la bonne. Je le redressai : « Mavors, lui dis-je, c'est *mares vorans*, le dévorateur des mâles. » De quoi il demeura confondu.

« Je poursuivis : « Que faut-il entendre allégoriquement par les neuf Muses? » Le pauvre gars n'en savait rien : « Les neuf Muses, lui dis-je, représentent les sept Chœurs des Anges. »

« En troisième lieu, je lui demandai : « D'où vient le nom de Mercurius? » et comme il ne savait pas davantage : « Mercurius, lui dis-je, c'est *Mercatorum curius* (patron des marchands), à cause qu'il est le dieu du négoce et porte aux trafiquants un intérêt suivi. »

« De cela vous pouvez inférer que ces poètes apprennent leur art dans un grand terre à terre, qu'ils ne prennent cure ni des allégories, ni de l'exégèse spirituelle. Ce sont des hommes charnels, comme l'écrit l'apôtre dans sa Ire aux Corinthiens, II : « L'homme animal ne perçoit pas les choses qui sont dans l'esprit de Dieu. »

« Vous me demanderez peut-être : « D'où tenez-vous tant de subtilité? » Je vous répondrai que j'ai, depuis peu, fait emplette d'un ouvrage composé par un Anglais, maître de notre ordre, qui a nom Thomas de Walleys. Son livre a pour objet la *Métamorphose* d'Ovidius. Il en expose tous les mythes d'après le Symbolisme et la Mystique. Il est profond en Théologie, au delà de tout ce que vous pouvez croire. Il est bien évident que le Saint-Esprit infusa une telle doctrine à cette personne, à cause qu'elle établit la concordance qui existe entre l'Écriture sainte et les tables poétiques. Vous en pourrez constater dans les passages que voici :

« De la serpente Pytho qu'Apollo mit à mort le Psalmiste dit : « Vous marcherez sur l'aspic et sur le basilic. » Diana signifie la très béate Vierge Maria, quand, avec des jouvencelles nombreuses, elle rôde par les chemins. Cadmus courant après sa sœur figure la personne de Christus en quête pareille de sa sœur qui est l'âme humaine et fondant une cité qui est l'Église. »

L'érudition du benêt se prolonge, se répète, encombre maintes pages de citations, de notes marginales, et de références auprès des « bons auteurs ». Un vertige de stupidité monte peu à peu, se dégage de ces élucubrations monastiques. Est-ce un hôpital de fous? Un couvent d'inquisiteurs? On n'en sait plus rien et l'on demande merci. La grande affaire toutefois que poursuivent les jeunes sycophantes, c'est la confusion de Reuchlin et surtout l'anéantissement des juifs. Au moment du Jubilé, de la vente des indulgences, il importe de détourner sur eux les soupçons de la multitude. Un juif rôti, quelques maisons israélites mises au pillage, voilà toujours un amusement que l'on ne saurait interdire au peuple. C'est un apéritif à l'eucharistie, un encouragement aux « bons pauvres » qui font leurs pâques. La démagogie réactionnaire est organisée à jamais. Sous l'inspiration des Dominicains, elle fonctionne telle que nous la reverrons au moment de la Ligue et, plus tard, de l'affaire Dreyfus. Ses procédés restent les mêmes et le personnel ne diffère point. M. Charles Maurras vaut Hoogstraten ; M. Arthur Meyer prête son humeur élégante et ses favoris en côtelettes à Johannes Pffefferkorn.

Ce néanmoins l'Allemagne intellectuelle avait compris.

Les sarcasmes de Hutten avaient dessillé ses yeux. Dans Reuchlin menacé, dans les juifs offerts à la populace comme un troupeau dont la vie appartient au premier boucher venu, les penseurs, les humanistes se reconnurent. Ils saluèrent un héros, leur aîné, qu'il fallait sauvegarder à tout prix. Leur pitié s'émut. Ils tendirent une fraternelle main au peuple des « judengassen», « aux tribus captives », aux « éternels proscrits », victimes de la plus infâme superstition, exclus de toute joie, en péril continu, holocauste offert au dieu des chrétiens, à ce Christ plus sanguinaire que Moloch. Or, ces hommes ne demandaient qu'à vivre, qu'à obtenir pour eux et pour les leurs ce que, même de nos jours, contestent aux hébreux les salariés de l'antisémitisme, à savoir « autant de droits que les autres mammifères » (Heine). Un énorme ridicule tomba sur Hoogstraten, sur son Ordre abhorré, pris en flagrant délit d'imposture. Nonobstant les efforts du Saint-Siège, malgré le zèle des pères blancs et noirs à détruire ce libellé malencontreux, le coup libérateur fut porté. L'audace des moines recula. Une sorte de trêve suspendit les hostilités.

Plus tard, avec le pape Adrien et le légat Alexandre, avec les bulles de proscription, la terreur s'empara des âmes incertaines. Érasme renia son amitié pour les humanistes. Il se déshonora de gaîté de cœur en dénonçant aux pouvoirs publics Hutten malade et fugitif, en appelant sur Zwingle, son hôte, la suspicion des magistrats. Ce causeur brillant, cet esprit orné goûtait cependant le charme du bien-dire. Il pensait librement. Mais il n'avait ni caractère, ni bravoure ; il portait une pente fâcheuse à prendre quand même le parti du plus fort. Le beau portrait d'Holbein, au musée d'Anvers, a toute la valeur d'un document psychologique. Il montre au vif le manque de bravoure qui noua Didier Érasme, l'induisit en de lâches et vilaines actions.

Le corps un peu voûté, sous une fourrure assez belle, vieilli plutôt que vieux, l'homme en dépit du chaperon et du manteau semble grelotter de froid. Les traits fins, allongés, le sourire inquiet des lèvres minces, le nez un peu dévié, les yeux dont le regard s'en va on ne sait où, le geste de la main blanche et fine qui tient si mollement un manuscrit enroulé, disent l'homme sans vouloir, égoïste, maniaque et personnel, qui pour conserver sa « librairie » et ses objets d'art, ce beau parloir de chêne, gloire de Rotterdam, acceptera n'importe quelle honte, sceptique au point d'être le mieux du monde avec les autorités civiles ou religieuses, quelles qu'elles soient.

Le départ d'Érasme et la mort de Hutten ferment cette première période où la Réformation à venir se fait deviner plutôt qu'elle ne se formule. Ce n'est pas le mois d'avril encore. Mais le ciel se fait plus doux ; un souffle amical passe dans l'azur clair ; les branches, qu'alourdit le trop-plein de la sève, laissent poindre la verdure indécise des bourgeons. Des cris d'oiseaux montent vers la lumière, dans l'allégresse du matin.

Après le déchaînement de haine et de mépris qu'ont suscité les *Épîtres* de Hutten contre l'obscurantisme, après la défaite d'Ortuinus et l'humiliation d'Hoogstraten, le temps du rire va cesser.

Bientôt pourtant, un nouveau rieur, celui-là formidable, fait écho, sur les bords de la Loire, au guerrier poète, qui, dans les burgs du Rhin, aiguisa l'épigramme vengeresse. Les titans de Rabelais porteront au Monde la même parole fraternelle que nous entendîmes dans les sarcasmes de Hutten.

Mais, avant d'écouter ce Gargantua si humain, ce bon Pantagruel qui ravive les sources d'autrefois, qui, célébrant la joie et l'orgueil de vivre, donne aux forts le seul viatique digne d'eux, à savoir l'amour du travail, l'universelle énergie et la curiosité de son héros, prêtons d'abord l'oreille à cette voix harmonieuse et robuste qui s'élève pour chanter l'amour divin et les tendresses humaines. Après les chevaliers, après les humanistes, les gentilshommes et les raffinés, voici le moine plébéien de Wittemberg qui, soulevant la pierre funéraire sous laquelle, depuis dix siècles, étouffait le Monde Occidental, d'un cœur allègre, d'un gosier sonore, entonne l'hymne de sa dilection et de sa foi.

Le printemps de la Réforme est venu, dans l'Allemagne et dans l'Univers, comme le mois de mai dans la tente de Sieglinde. Le choral de Luther lui donne une voix immortelle, voix dont l'écho frémit encore pour éveiller dans les cœurs des germes d'héroïsme, d'indépendance, de raison et de bonté.

II

Tandis que les humanistes, défenseurs des bonnes lettres, champions de l'hébraïsme, vengeurs de l'antiquité grecque et latine goûtaient les premiers fruits de leurs victoires ; tandis que le chevalier Ulrich von Hutten, ayant, avec ses *Hommes obscurs*, enrichi la linguistique d'un vocable nouveau : l'« obscurantisme », comme cent ans après lui Miguel de Cervantès devait apporter à l'univers le mot « don quichottisme », comme déjà l'auteur anonyme du *Til Ulenspiegel* avait fourni celui d'« espièglerie » ; incontesté, glorieux, satisfait et vengé, Reuchlin se retirait du combat, sans vouloir, désormais, participer aux luttes qui bouleversaient l'Allemagne, s'écartant aussi bien de la Réforme que de l'insurrection fomentée contre le Saint-Empire, par les chevaliers rhénans, groupés, au château d'Ebernburg, sous le pennon de Scheckingen, Scheckingen, noble figure, un peu baroque aussi et qui, dans un avenir prochain immédiat, présage l'autre gentilhomme, le caballero andante, redoutable aux pécores, aux marionnettes et aux moulins! Scheckingen, chevalier teutonique, Lohengrin égaré dans l'aube de la Renaissance, croisé de Rutebeuf, épave du Moyen Age! En quête d'aventures, heaume au chef, dague au poing, bardé de fer, jaloux de conserver à la noblesse pauvre, en même temps que le droit féodal de rapine, le privilège exclusif du service militaire, privilège que les troupes nouvelles de Maximilien, reîtres et lansquenets, enlevaient aux gentilshommes sans patrimoine, Frantz de Scheckingen tenta la dépossession de l'archevêque de Trèves, rêva d'assumer, un jour, la pourpre impériale, et combattit, pareil Goetz de Berlichingen, le héros de Gœthe, dans la guerre des paysans. Il continuait les prises d'armes et les gestes de la Chevalerie, au moment même où l'esprit moderne faisait éclater l'écorce du vieux monde, où Luther, en déchirant la bulle qui l'excommuniait, dans la cathédrale de Wittemberg, brisait, du même coup, mille ans d'obéissance à la théocratie romaine et rompait brutalement avec le passé.

Le XVIe siècle, malgré son immense appétit de science, de voyages, d'art, ses passions féroces et l'indomptable vitalité dont il regorge, n'en est pas moins le siècle de la Diplomatie et de la Banque. L'Allemagne a pu s'instruire de cette vérité. L'affaire des indulgences, les marchandages qui aidèrent à « marmitonner » l'élection de Charles-Quint l'ont rendue éclatante et manifeste. Le fils de Jeanne la Folle est empereur. Mais les Fuggers sont rois, dans leur maison d'Augsbourg. Ils tiennent, en même temps que celles de leur coffre-fort, les clefs de la politique européenne. On connaît l'anecdote du fagot de cannelle, qu'allumèrent avec un reçu de huit cent mille florins souscrit par l'empereur ces usuriers magnifiques, le jour où ce prince daigna recevoir leur hospitalité. La Foi seule pourra lutter contre cette omnipotence de l'Argent. Mais les hobereaux de Scheckingen, les paysans de la Souabe, de la Franconie et du Palatinat, que pourront-ils contre les soldats mercenaires chargés de « rétablir l'ordre », et de répondre par la Mort aux révoltes de la Faim? Les chefs périssent glorieusement sans avoir à subir l'humiliation d'être absous ou châtiés par le vainqueur. Mais le roman chevaleresque est à jamais conclu. Scheckingen, dont Albert Dürer a fixé les traits dans une de ces planches « baroques » et « sublimes » où la Mélancolie étreint sans relâche l'Esprit impuissant à prendre son essor ; Scheckingen que la mort conduit aux abîmes sur un maigre cheval, porte dans ses yeux caves et les rides qui labourent son visage dévasté le désespoir infini que, déjà trois cents ans plus tôt, manifestait le « décroisé » du vieux rimeur gaulois.

Mais voici que Luther, secouant la défroque médiévale, se dresse pour un combat nouveau. Armé du seul Évangile, au nom d'une doctrine plus pure, il combattra les princes et chassera la Papauté de la conscience humaine. Est-ce un dogme inconnu qu'il préconise? une théologie éleuthérienne qui va muer tout à coup la face de l'Univers? Non! Luther, Calvin, l'un avec son traité du serf arbitre, l'autre avec son institution chrétienne, suivent les mêmes errements qu'adoptèrent Jeansen, Duvergier de Hauranne, Port-Royal, si pauvres et si secs. Les uns et les autres partent de saint Augustin, de cette idée que l'homme est impuissant à créer lui-même le salut, à obtenir la grâce, don purement gratuit de la Divinité. Cette doctrine décourageante semble, au premier abord, faite pour anéantir toute l'énergie humaine, pour briser tout ressort intérieur et toute volonté. Mais, proclamant l'impuissance de l'homme à changer son destin, elle affranchit la conscience des dogmes. Elle brise le joug sacerdotal.

Ne donnant au fidèle que l'Écriture pour guide et réconfort, elle crée en même temps le libre examen, la discussion des paroles divines, sans que le prêtre ait besoin d'intervenir en qualité d'interprète ou de médiateur.

Mais ce n'est pas l'action théologique de Luther, les discussions plus ou moins subtiles du docteur Martin qui lui donnèrent de mettre ainsi en mouvement les forces populaires. Pour créer la foi des humbles, cette foi qui soulève les montagnes, cette foi avant toute chose, uniquement, peut-être, il faut beaucoup d'amour.

Or la conquête de Luther n'est autre chose qu'une conquête de l'amour. En déduire la légende tout entière ce serait évoquer, non seulement les annales du XVIe siècle, mais la civilisation moderne depuis ces jours lointains de la Wartburg où le moine en révolte eut son Thabor et sa Pathmos, jusqu'aux luttes, chaudes encore, dont les passions nous agitent et dont l'écho vibre dans l'air.

Guerre sainte, chocs sublimes! Temps héroïques de dévouement et d'espoir! Conflits des princes et des peuples, des doctrines et des hommes, engagements superbes, où, de part et d'autre, luttant pour leur conscience, pour leur foi, pour ce qu'ils crurent la vérité, les hommes sacrifiaient leurs biens, leurs vies, et plus chère que cette vie elle-même, l'existence de leurs proches, la stabilité de leur foyer, aux revendications de l'Idéal! Que Luther tonne à la diète de Worms, et repousse le Légat du Saint-Siège! que Loyola prenne, par ses disciples, la direction du Monde! que l'aigre Calvin dogmatise à Genève, arrêtons-nous dans la familiarité de ces grands hommes.

Cherchons dans les meneurs de peuples ce qui transparaît d'éternel, les douceurs et même les faiblesses qui les rapprochent de la condition humaine, en quelque sorte nos frères, les mettent plus près de notre cœur.

J'ai suivi, par les lourds après-midi de septembre, par les couchants de turquoise, de cuivre et d'or, la route d'Hernani à Motrio, gravi l'escarpement de Loyola, rêvé dans la grotte de Manrèze à celui qui, rassasié d'ascétisme et de douleur, inventa un monde à son image, et se sentit assez grand, assez souple et fort pour, de ses mains, pétrir une chrétienté nouvelle. A la Wartburg, où sainte Élisabeth de Hongrie laissait tomber, sur son chemin, des roses, où Wolfram d'Eschenbach, pour une autre Élisabeth, chanta ses cantiques et des hymnes que le Génie, après cinq siècles, devait redire à l'Univers, j'ai retrouvé la cellule monastique où Luther, captif, déclara la guerre à la Papauté, jeta son écritoire à la tête du démon. Il traitait Satan avec le mépris d'un homme qui, portant à ses frères l'acte, la Vie et la Parole, se sait supérieur à l'Esprit de Négation.

Il est un livre unique, touchant, humain dans l'œuvre théologique et pesante de Luther. Là, plus d'abstraction, plus de controverse, d'épilogues, sur la grâce, le serf arbitre et autres arguties. Les Propos de table de Martin Luther sont aux écrits dogmatiques de ce grand homme quelque chose comme tous les Fioretti, de saint François, dans les sermons et les exhortations à ses frais qu'a laissés le Bienheureux.

Par les plaines d'Assise, longs promenoirs plantés de pins et de cyprès, ces cyprès qui donnent au paysage de la Toscane et de l'Ombrie une incomparable noblesse, retrouvant quelque chose du panthéisme antique et de la douceur virgilienne, le padre Francesco invoquait, à l'appui de sa dilection, « l'eau si pure, si humble et si chaste », la lune, le soleil, les astres, la terre tout entière, le conviait aux épousailles de l'âme humaine avec son Dieu.

Les fresques de Giotto, dans la basilique d'Assise, le montrent, chancelant, ivre de tendresse, portant à toute créature la nouvelle eucharistique de l'éternel amour.

Ce serait, peut-être, pousser le goût du paradoxe historistique un peu plus loin que d'envisager François d'Assise comme un précurseur de la Réforme. Néanmoins, la modification profonde qu'apportèrent dans l'esprit chrétien les prédications franciscaines offre, en quelque façon, une analogie avec le mouvement suscité par Luther. En substituant à la doctrine ecclésiastique, à la direction, le pur amour, François d'Assise, par d'autres chemins, arrivait à la même conclusion que le docteur de Wittemberg. Il proclamait que le fidèle se peut affranchir du prêtre ; et cela constitue, au point de vue orthodoxe, la plus damnable des hérésies. Si François d'Assise, esprit docile et tendre, s'inclina toujours devant les décisions du Saint-Siège et lui resta soumis, il n'en fut pas de même, pour quelques-uns des disciples ayant subi de près ou de loin son influence, les fraticelli, par exemple, ou fra Salambiene.

Certes, Luther, paysan allemand, fils d'un mineur, venu d'un sang plus lourd et d'une race moins artiste, n'a pas l'élégance patricienne, inhérente au padre Francesco. Mais celui-ci fut, peut-être en dépit de lui-même, un émancipateur de l'intelligence. Gebhardt dans son Étude sur « l'Italie mystique » au XIIIe siècle, montre François au milieu des sages et des prophètes dans le paradis du Dante, au sommet de la *Divine Comédie*, cette haute cathédrale, dont la porte s'ouvre encore sur les ténèbres du Moyen Age, sur la forêt obscure « où le soleil se tait », mais dont les flèches, les tours et le pinacle, touché déjà par l'aube de la Renaissance, portent comme *Santa Maria dei fiori* les stigmates de l'esprit nouveau.

Luther, ce gros moine priapique, bedonnant et vociférateur dont Lucas Cranach a buriné les traits énergiques, plébéiens et volontaires, la face carrée, aux yeux de douceur et de flamme, au menton d'empereur romain, incarne la voix même de la Foule, atteste la vitalité, non seulement du Peuple, mais de la Populace. Lui-même se nommait volontiers *Herr Omnes*, Monseigneur « Tout le monde », incarnant, pour la première fois, les droits de l'Homme, le Droit éternel, méconnu par l'Église et la Féodalité.

Il est dur, violent, poète néanmoins à sa manière, avec cette lourdeur monacale que raillait Hutten et ce fonds de brutalité germanique dont ne sont pas exempts les meilleurs poètes d'outre-Rhin, qui faisait dire à Henri Heine se raillant lui-même : « Je suis une choucroute arrosée d'ambroisie. » Mais Luther n'a garde, quant à lui, de railler. Il se sait le porte-parole des hommes qui naîtront demain. Il revient de la diète de Worms comme autrefois Julien de Nicomédie, comme saint Paul du promontoire d'Éphèse où son génie adressa aux gentils cette « épître qui rompait le câble de la vieille loi mosaïque ». Il revient dans son jardin de Wittemberg. Il joue, alors, au milieu des rosiers, sous les tilleuls en fleurs avec son petit Jean qui se roule, d'abord, sur le sable des allées, puis vient à table, prend part à la conversation. Elle roule sur les choses du Ciel. Madeleine, sa fille, et Martin, son dernier-né, que lui apporte Catherine de Bora, complètent ce groupe que pourraient peindre les petits maîtres hollandais : Jan Steen ou Pieter de Hooghes. Son cœur s'emplit d'amour, déborde sur toute chose. Un soir, il voit un oiseau se poser sur un arbre et se réjouit de comprendre que cette gracieuse créature habite dans la protection de Dieu. Il respire une rose et contemple en elle un magnifique ouvrage du Créateur ; il aime le vin, le goûte, le conserve pour les repas de noce. Le pain, dit-il, confirme le cœur de l'homme. Le vin le réjouit. Il protège les nids contre les passants, avec le geste de François d'Assise défendant les hirondelles. Il fait taire les grenouilles pour écouter le rossignol. Il parle, comme Virgile, des cygnes agonisants qui, près de quitter la terre, tentent de leur voix sublime les astres éthérés.

Un tel rapprochement ne saurait choquer ni surprendre. Le *Choral* de Luther aussi bien que le *Cantique du Soleil* porte, en lui, une beauté suffisante pour s'imposer à l'admiration des hommes, en dehors de toutes préoccupations confessionnelles. Mais, ce qui apparente l'hérétique de Wittemberg au « trouvère de Jésus », c'est un amour pareil pour la nature, pour les êtres faibles et tendres, pour les oiseaux, pour les bestioles innocentes que l'homme tue et martyrise afin d'assouvir sa gloutonnerie ou sa cupidité. Saint François prêchait les engoulevents, sauvait un pauvre lièvre traqué par les chasseurs, défendait le meurtre au loup d'Aggubio, conviait la Nature entière à la fête éternelle du printemps et de l'amour divin : *Laudato sia, Signore mio!*

Ce que Luther aime, au-dessus de tout, c'est la musique. « La musique sainte — dit son contemporain Paracelse — met en fuite la tristesse et les esprits méchants. » Or, le Diable est un esprit chagrin. Il désespère les hommes. Aussi ne peut-il souffrir que l'on soit joyeux. De là vient qu'il détale au plus près, sitôt qu'il entend la musique, et ne reste jamais, dès que l'on chante, surtout des hymnes pieux! Ainsi David, avec sa harpe, délivra Saül en proie aux attaques du Démon.

« J'ai toujours aimé la musique ; la connaissance de cet art est bonne ; elle sert à toute chose ; la musique est un présent de Dieu, elle est alliée de près à la théologie et, pour beaucoup, je ne voudrais être dépourvu du petit savoir que j'ai en fait de musique. Un maître d'école doit être habile musicien. La musique chasse beaucoup de tribulations et de mauvaises pensées, la musique est la meilleure consolation que puisse éprouver un esprit triste et affligé ; elle rend les gens plus aimables, plus doux, plus modestes et plus intelligents. Un tel goût suffit pour ennoblir qui le professe. »

Et lui-même, Luther, nous apparaît comme un chanteur divin, comme un psalmiste, qui, sur la harpe de David, retrouve les cantiques des prophètes, pour chanter son espoir et sa jubilation. Luther, luthier, le psaume qu'il accompagne sur un nouveau psaltérion apporte à l'humanité des forces, invigore son espoir. Les anges qu'on rêve, ceux de Flandre, ou de Toscane ; les anges de Memling et ceux de Jean de Fiesole n'entonnèrent jamais pareils cantiques devant le trône de leur Dieu!

Mais, ce chantre enthousiaste est, en même temps, un solide buveur, un homme de chair et de sang. Il se plaît à table, rit avec fracas, au milieu de ses amis. Il s'emplit de bière et tient, les coudes sur la nappe, des propos qui n'ont rien d'édifiant. Ce n'est pas, lui non plus, un ascète, mais un homme, un homme à qui rien n'est étranger. Il éclate de force, de joie, et de bonté. Il fait trembler, sur sa chaire, le pontife romain, au fond du Vatican, mais il obéit, sans mot dire, aux humeurs de sa ménagère. Il a l'odeur, l'expansion et la force du peuple. Il en a aussi la crédulité. S'il ne brûle pas les sorcières, à la façon des juges ecclésiastiques, il débobine sur leur compte mainte histoire digne d'un Sprenger. Il croit aux killecroffs, enfants du Diable, que les mauvais Esprits couchent dans les berceaux dont ils ont emporté les nourrissons et que cinq nourrices ne parviennent pas à rassasier. Il apprend à ses commensaux, Mélanchthon, Auri-Faber, Jean Stols, Lauterbach, les manigances du Diable qui prend, tour à tour, la figure d'un veau noir et d'un avocat, lorsqu'il peut sous cette forme emporter l'âme des aubergistes. Parfois aussi, Luther se plaît à des inventions que n'eût pas désavouées Jacques de Voragine. Cette gracieuse histoire, par exemple, d'un enfant égaré comme les frères du Petit Poucet et qu'un ange nourrit pendant trois jours, au fond des bois. Quand ils ont bien joué tous deux ensemble, au moment où la nuit tombe, l'ange le reconduit chez ses parents.

Et voici que ce brave homme, ce naïf conteur d'histoires horrifiques touchantes, éclaire les peuples et les rois, promulgue des arrêts souverains sur le gouvernement des empires, juge d'un mot décisif les maîtres de l'Europe. Puis son esprit vagabond l'emporte vers les spéculations théologiques. Le ton s'élève, grandit. Tout à l'heure, c'était un bourgeois teuton, humant le pot, dans son logis. A présent, c'est un prophète. Le charbon d'Isaïe a touché ses lèvres éloquentes. Mais bientôt le rire, un rire large et sensuel, reprend ce gros homme en liesse. Le revoici la coupe en main. Il rit, il invective. Il se glorifie avec ingénuité, car il manque absolument de modestie. Il se montre, dans son naturel, plein de bonhomie et de dureté, d'égoïsme et de dévouement, de bizarrerie et de lucidité, d'enthousiasme et de doute, d'éloquence et de trivialité, de petitesse et de grandeur.

C'est, pourrait-on dire, un personnage de Rabelais. Il en a la verve intempérante, la belle humeur tapageuse, un peu brouillonne, l'esprit bachique, le langage cynique et la haute raison. Comme ceux de *Pantagruel*, c'est un géant déchaîné parmi les nains. C'est une force de la Nature. Il prend sa place à table, mord joyeusement à tous les fruits offerts. Il aime sa femme, Catherine, ses enfants ; il aime, nous l'avons vu, les fauvettes, les rossignols, les cygnes. Il s'appelait tout à l'heure « Mgr tout le Monde ». Ne pourrons-nous pas le nommer, à présent, cet instigateur de révolte, cet éveilleur des forces latentes, ne pourrons-nous pas le nommer « Panurge », l'homme de tous les travaux? Comme Rabelais encore, partant d'un point de départ si différent, Luther, à l'aube du XVIe siècle, retrouvait la douceur de vivre, mettait fin au long carême du Moyen Age. Il relevait Adam déchu, *Adam vetus*, tandem lætus, d'un geste fraternel, l'exhortait au bonheur : « Lève-toi, pauvre homme! bois et mange! Puis, espère! travaille. Et, sur la route printanière, toute blanche de pommiers fleuris, par les campagnes verdoyantes, sous le ciel d'azur et d'or, marche appuyé sur la Bonté suprême, marche confiant vers l'avenir! »

Blessé au siège de Pampelune que le roi d'Espagne défendait contre Jean d'Albret, lequel prétendait reconquérir cette capitale ancienne de la Navarre, le capitaine Ignace de Loyola fut soigné par un chirurgien, ignorant de son métier. Sa jambe mal soudée le laissait boiteux. Derechef, il la brisa lui-même, reconstitua le pansement et, quelques semaines après, marcha droit, comme par le passé.

Cette violente et froide énergie est une caractéristique des races d'Eskaldune, que nul péril n'effraie et que nulle souffrance ne fait broncher d'un pas. A la bataille de Trafalgar, Churruca, compatriote d'Ignace, né au village de Motrio, et commandant une frégate, a les deux jambes emportées par un boulet. Sur-le-champ, il ordonne qu'on le plonge dans un baril de son, pour contenir l'hémorragie et ne cesse de faire tête à l'ennemi qu'autant que la mort a pris son dernier souffle. Et tous, coureurs de la montagne, écumeurs de l'Océan, gravissent les pics inabordables, ou, sur leur barque faite de quatre planches, vont aux pêcheries de Terre-Neuve, touchent peut-être aux régions polaires et, sans même avoir conscience de leur héroïsme, devancent les explorateurs les plus illustres, parmi les épouvantes, les récifs, les déserts de l'Océan. Le sombre génie de la Biscaye vit en eux. Pays aux monts tragiques, pleins d'embûches et de précipices, où le sol de basalte noircit, dirait-on, les feuillages des grands arbres et la hampe vigoureuse des maïs. Une race d'origine inconnue, apparemment sémitique, « ibères non romanisés » dont le langage ne s'apparente à aucun dialecte indo-européen, vit dans l'âpre montagne, jalouse de ses privilèges, guerroyant pour ses fueros, prompte à l'insurrection contre les pouvoirs établis, dès qu'il s'agit de défendre ses autels ou son foyer, prête à reconquérir l'Espagne sur les Maures avec Pélage ou bien à faire le coup d'escopette pour *el rey netto*, avec Zumalacarregui.

Ignace de Loyola fut, pour employer le mot de Carlyle, l'homme le plus « représentatif » de ce peuple et d'un tel pays. Il en eut la calme audace, l'infrangible volonté.

Comme Pascal, au pont de Neuilly, cet homme opiniâtre subit une crise morale qui détermina, chez lui, l'orientation nouvelle de son esprit.

Pendant les importuns loisirs d'une longue convalescence, au château de son père, ayant lu, afin de se divertir, la *Légende dorée*, il fut ému par les récits qu'elle renferme et se jura de devenir un saint.

Il faut dater de sa guérison, la retraite à Manrèze, la crise d'ascétisme qui faillit se terminer par un départ en forme pour les lieux saints.

Il alla, mais en simple visiteur, à Jérusalem. Car il ne tarda guère à comprendre, étant d'un esprit net et résolu, qu'en se faisant ermite, et fuyant le Monde, il ne rendait à l'Église aucun des services qu'elle pouvait espérer de lui.

Déjà la Réforme devenait menaçante. La pensée de créer un Ordre qui, par la parole, par l'enseignement et la direction, en combattrait les progrès ne tarda pas à germer en lui. A la diète de Worms, c'est-à-dire en 1521, Luther avait rompu, non seulement avec la Papauté, mais avec le Saint-Empire. Prisonnier à la Wartburg, où l'électeur de Saxe le cachait, il instituait cette prédication nouvelle, cet apostolat qui, bientôt, déchaîneront des fureurs homicides, mettront aux prises, en un choc éperdu, ceux qui, jusqu'alors, s'appelaient du nom de chrétiens, mais se diviseront, à l'avenir, en catholiques et réformés.

Sept ans après, en 1528, Ignace jura, dans les souterrains de Montmartre, de se consacrer, avec les disciples qui l'accompagnaient, à la défense de l'Orthodoxie et de la Papauté. Il formula bientôt la règle de son Ordre, cet Ordre qui, dans moins d'un siècle, allait prendre la conduite de l'Église, diriger la politique des nations et la conscience des rois.

Le Concile de Trente, qui ne dura pas moins de dix-huit années, de 1545 à 1563, consacra les prépondérances des Jésuites, lesquels, depuis, confesseurs des princes, mêlés à toutes les grandes choses, aux guerres, aux traités, aux conciles, aux ambassades, apaisant les révoltes et gouvernant les souverains, ont eu, jusqu'à la Révolution française, et même quelque temps après, la haute main sur les événements publics. Ignace, dès le début du XVe siècle, avait senti que l'ancien monarchisme ne cadrait pas avec la forme et l'esprit de son temps. Il ne s'agissait pas de recommencer la règle de Bernard ou de Benoît. Tout en maintenant ses fils spirituels dans une étroite obédience, il comprenait, avec un sens très juste des réalités, qu'il importe, avant tout, de charmer ceux que l'on prétend conduire, qu'il faut plaire si l'on veut régner.

Il apprit à conquérir les jeunes gens, les femmes, à pénétrer dans l'intimité du riche, à rendre humaine, accueillante et douce la religion qu'il défendait. Il emprunta au Monde ses plaisirs, ses futilités : spectacles, réunions, musique. Il enseigna l'art de bâtir des églises pleines de fleurs, de dorures, de parfums. Il commanda aux maîtres de la peinture des toiles à grand effet, d'une couleur aimable et d'un goût théâtral, propre à charmer, du même coup, les mondains et les dévots. L'art jésuite était fondé.

Une psychologie exacte, une observation pénétrante, une connaissance approfondie, un jugement net des circonstances et des caractères permit à la Compagnie de Jésus d'occuper, dès le début, chez les grands, la place qu'elle a tenue pendant près de trois siècles — malgré l'éclipse de 1719 — place qu'elle défend avec un génie opiniâtre et qu'elle garde encore par une obstination intelligente, par des moyens sans cesse renouvelés, par une souplesse forte, que, même hostiles ou indifférents, les esprits cultivés ne peuvent envisager sans admiration, comme étant le résultat le plus magnifique de la persévérance, de l'énergie et de la volonté.

De la Réforme à la Compagnie de Jésus, de la Diète de Worms au Concile de Trente, de l'action à la réaction, le champ est délimité, où, pendant quatre siècles et davantage, sans doute, va se jouer l'un des plus grands drames qui ait intéressé les individus et les nations. C'est d'abord la noire et sanglante épopée, le massacre d'Amboise, la Saint-Barthélemy, l'atroce guerre de Trente ans, le sang humain prodigué à travers les champs de bataille et sur les échafauds, les pures victimes, offertes de part et d'autre à je ne sais quelle implacable divinité, la mort, donnée pour argument suprême, à l'appui d'une doctrine de pardon et d'amour, les catholiques brûlant Anne Dubourg et le malheureux Dolet, dont les peccadilles ne méritaient pas une fin si cruelle, Calvin souillant sa robe noire du stigmate de Caïn et, fratricide, menant Servet à l'échafaud.

Puis la division se fait. L'Allemagne, la Hollande et l'Angleterre accueillent, sous des noms divers, la Réforme dont le docteur Martin fut l'initiateur. La France déchire le pacte consenti par Henri IV aux Huguenots, rejette à l'inconnu, à la mort, au désespoir, les « tribus fugitives » de ces parfaits chrétiens qui ne savaient que mourir, sujets féaux d'un roi barbare auquel, tout janséniste qu'il était, Racine donna des pleurs.

Le généreux XVIIIe siècle ouvre l'ère de la tolérance. Voltaire que Flaubert appelait un « saint », Voltaire, ce génie humain et bienfaisant, rend à Calas l'honneur que tenta de lui ravir un jugement inique. Bientôt, la Révolution française, consacrant les principes des Encyclopédistes, de Montesquieu, de Voltaire, d'Alembert, des penseurs et des sages, montrant à l'Humanité la route vers des mœurs plus douces, laïcisa le pouvoir, proclama la liberté de conscience, ce premier droit de l'homme, laissant à chacun la faculté de juger, dans son for intérieur, ce qu'il convient de penser touchant les questions religieuses qui déchaînèrent autrefois de si cruelles animosités.

Certain protestant étranger disait naguère, en France, un mot qui peut paraître assez topique. Le voici : « Votre gouvernement a bien raison de faire droit à toutes nos requêtes, car c'est à nous qu'il doit la Révolution française. » Et, de fait, il n'est pas douteux que, depuis la Révocation de l'Édit de Nantes jusqu'aux États généraux de 1789, les ferments déposés dans l'esprit de la bourgeoisie française par la Réforme et les persécutions dont elle fut le prétexte ont éveillé les haines, les colères et cette soif de justice dont le monde moderne est sorti. Sous les notes lentes du *Choral* de Luther, j'entends déjà les timbres de la *Marseillaise*, l'hymne sacré, « liberté chérie », le cri d'irrésistible affranchissement que poussent, à la face du monde, les conscrits de l'an II, et plus tard, jeune postérité de ces magnanimes ancêtres, tous ceux qui donnèrent leur vie et risquèrent leur liberté pour conquérir à leurs frères de douleur un monde, une cité miséricordieuse, pacifique et des jours plus cléments.

Le même feu qui brûla dans la poitrine de Luther anime encore ceux qui cherchent à tous les problèmes angoissant l'Humanité des solutions miséricordieuses, qui rêvent de bannir à jamais la guerre, la pauvreté, l'ignorance et la douleur. C'est pour eux que Luther, au nom de l'amour, a soulevé le monde, faisant paraître aux hommes à venir les routes libres et les chemins ensemencés.

Son duel avec Loyola, cette guerre sans merci, de la Réforme et de la Papauté, les prises d'armes, le réveil du fanatisme, un fleuve de sang, l'échafaud d'Amboise et la nuit du 24 août, les Guises et Richelieu, l'assassinat préconisé, l'Église ne respirant qu'homicide, le clergé, les moines rivalisant avec les rois de France d'exaction et de férocité, les Janotus de *Gargantua* et les Ortuinus de Hutten, aiguisant le couteau de Ravaillac, le meurtre, en habit de capucin ou de minime, appelant au secours des arguments théologiques le mousquet et la pertuisane, ont-ils apporté dans le monde un peu de raison et de bonheur? On peut hésiter à le croire. Au début du XVIe siècle, sous Jules II, à l'avènement de Léon X, le christianisme en pleine décomposition cadavérique se liquéfiait dans la boue. Et ses dogmes ineptes, sa morale inobservée et rebutante n'en imposait plus déjà qu'aux esprits sans culture. La Réforme galvanisa, remit sur pied le moribond. Elle suscita des monstres, la ruse, l'énergie implacables d'Ignace, la contagieuse folie et le morne délire de Thérèse. Les jésuites devinrent bientôt maîtres du monde avec leurs méthodes artificieuses, leur talent de captation, leur abjecte complaisance pour la richesse et le pouvoir. Ils imaginèrent de rendre la science « inoffensive » et l'art vérécundieux. Ils eurent leurs « bons savants », leurs éditions à l'usage des Dauphins. Ils mêlèrent je ne sais quel fade miel de collège aux œuvres les plus hautes de la science humaine ; ils falsifièrent les archives ; ils persuadèrent au riche de leur confier ses trésors et ses enfants. Secondés en cela par leurs adversaires et non moins tartuffes que les protestants eux-mêmes, ils intronisèrent le mensonge déliant leur clientèle de tout honneur et de toute probité. C'est, pour la meilleure part, à leur influence que le monde est redevable d'une cinquième vertu cardinale, chère et précieuse au bourgeois, une vertu qui défend le capital, qui lui donne au besoin des ministres et des soldats, une vertu chère aux bedeaux comme aux académiciens, une vertu que, depuis quatre siècles bientôt, Rome et Genève pratiquent avec une émulation louable ; cette vertu sans pareille se nomme Hypocrisie. Elle défend l'Église et trône au Parlement. Elle inspire les discours des ministres et laïcise la France au bénéfice de la Papauté. Les jésuites, par elle, devinrent les sauveurs de la morale et des dogmes chrétiens.

Donc, si la Papauté au XVe siècle, ne s'était point vue menacée à la fois dans son temporel et dans sa domination intellectuelle, tout porte à croire qu'elle aurait pris à son compte l'évolution de l'esprit humain, qu'elle aurait marché dans les voies de la Science, adopté le progrès et fait cause commune avec les esprits les plus ouverts. Le christianisme gangrené, moribond, caduc, tombé en enfance, eût disparu du monde, sans que nul en prît souci, comme tombent, au vent d'automne, les feuilles et le bois mort. Sous l'influence de Gémiste Pléton, le concile de Florence mettait, presque au rang des pères de l'Église, l'Athénien Platon et proscrivait la scolastique de ses discours harmonieux. C'était le temps où le cardinal Bembo disait en grec son bréviaire « afin de ne point gâter sa latinité par les formes incorrectes de la Bible italique » ; temps admirable où les pontifes, patriciens de la Rome papale, encourageaient les artistes et les érudits, où, comme Pétrarque déposant, avant de mourir, son Virgile dans le trésor de Venise, l'Italie entière, avec ses princes guerriers, ses cardinaux, ses prêtres, ses nobles dames, que peignaient Botticelli, Vinci, Pollaïolo, confondaient, en un même culte de beauté, toutes les religions de l'âme humaine. Et que de sang épargné, que d'hommes employés à des œuvres utiles, à des travaux féconds en résultats prospères! Quoi qu'il en soit, ayant pleuré tous les morts et glorifié tous les martyrs, suspendu à tous les autels des guirlandes pieuses, devant ces longues plaines en deuil, ces champs funèbres de l'Histoire, il convient de répéter le mot de Gœthe : « Par delà les tombes, en avant! » ; de regarder avec espoir du côté de l'aurore, d'attendre ce jour qui viendra peut-être, ce jour que l'esprit scientifique annonce et prépare, en dépit de tous les obstacles, de toutes les mauvaises fois, où la guerre d'idées aussi bien que les guerres d'intérêts ne seront plus qu'un lugubre souvenir, un cauchemar sinistre emporté par l'aube des temps nouveaux, où la Science et la Justice mettront en commun leurs oracles, où, sur une terre plus féconde, habiteront pour toujours les hommes fraternels et les dieux réconciliés.

LAURENT TAILHADE.

ÉPITRES DES HOMMES OBSCURS

I

MAITRE JOANNES PELLIFEX DONNE LE BONJOUR A MAITRE ORTUINUS GRATIUS

Salut aimant et servitude incroyable à vous, Seigneur vénéré Maître. Aristoteles, en ses prédicaments, affirme qu'un doute général n'est pas oiseux ; c'est pourquoi j'ai sur l'estomac un doute qui me fait grand scrupule. J'allai naguère à la foire de Francfort. En compagnie d'un bachelier, je faisais route vers le forum, par la grand'rue où nous croisèrent deux hommes qui nous semblèrent d'aspect fort honnête, ayant noires tuniques, vastes capuces et lyripipions. Et me sont les Dieux témoins que je les crus deux de nos Maîtres! Je leur fis ma révérence et leur tirai mon bonnet. Alors, mon compagnon me bourra fortement : « Pour l'amour de Dieu, que faites-vous? dit-il. Ce sont des Juifs, et vous leur ôtez votre barrette? » Je fus aussi perturbé que si j'avais vu un diable. « Dom Bachelier, que le Seigneur me pardonne, car je l'ai fait par ignorance. Mais pensez-vous que cela soit grand péché? »

Tout d'abord, il répondit qu'il y voyait un péché mortel, le fait se rattachant à l'idolâtrie, en opposition avec le premier des dix préceptes : *Crois en un seul Dieu*. En effet, si quelqu'un rend honneur soit à un Juif, soit à un païen, tout comme s'ils étaient baptisés, il agit contre la foi et semble lui-même Juif ou païen. En même temps, le Juif et le païen disent : « Voici que nous marchons dans la meilleure voie, puisque les chrétiens nous tirent leur révérence ; si nous n'y marchions, ils ne la tireraient point. » Ils s'enracinent, par là, dans leur foi, mésestiment la chrétienne et ne souffrent plus qu'on les baptise. A quoi je répliquai : « Bien est véritable un tel propos quand on agit sciemment ; mais moi, je n'ai fait cela que par impéritie ; or, l'impéritie excuse le péché. Si j'avais connu que ces gens fussent Juifs et que je leur eusse rendu honneur, je mériterais d'être brûlé vif, comme ayant fait preuve d'hérésie. Mais Dieu ne l'ignore pas ; je ne fus instruit de leur qualité ni par le verbe ni par le geste ; je supposai avoir en ma présence deux Maîtres inconnus. »

Alors, il reprit : « C'est encore un péché. Moi-même, je suis entré une fois dans certaine église où se tient, en présence du Sauveur, un Juif de bois qui brandit un marteau. Je crus voir saint Pierre avec ses clefs. Je m'agenouillai, déposant ma barrette. Seulement, alors, je vis que c'était un Juif et j'entrai en repentance. Néanmoins, en confession, dans un monastère de Prêcheurs, mon confesseur me dit que c'était péché mortel à cause que nous devons prendre garde à nos actions ; il conclut en disant ne me pouvoir absoudre sans congé de l'Évêque, le cas étant épiscopal. Il ajouta que si j'avais agi volontairement et non par ignorance, le cas devenait papal. Ainsi, je ne fus absous qu'après qu'il eut obtenu les pouvoirs de l'Évêché. Et, de par Dieu! j'estime que, pour décharger votre conscience, il importe que vous alliez à confesse devant l'Official du Consistoire. Car, ici, l'ignorance ne peut être valable comme excuse d'un si grand péché. Les Juifs portent sur le devant de leur manteau une rouelle grise qu'il vous fallait voir comme je l'ai vue. C'est donc une ignorance crasse ; elle ne vaut rien pour l'absolution. »

Ainsi parla ce Bachelier. Vous êtes un théologien profond. En conséquence, je vous supplie dévotement et non moins humblement qu'il vous plaise résoudre la question susdite, m'écrivant si le péché se doit considérer comme véniel ou mortel, si le cas est papal ou bien épiscopal. Écrivez-moi aussi votre opinion sur la coutume de Francfort. Les bourgeois de cette ville ont-ils raison d'endurer que les Juifs portent le même habit que nos Maîtres? Cela me paraît abusif. N'est-ce pas un scandale qu'il n'existe pour ainsi parler aucune différence entre les circoncis et nos Maîtres aimés? N'est-ce pas une dérision de la Théologie sacro-sainte? Notre chef sérénissime, l'Empereur, ne devrait tolérer, sous quelque prétexte que ce soit, qu'un ioutre, égal aux chiens et l'ennemi de Christus, ait l'audace de marcher, pareil à un docteur en Théologie sacrée.

Par les présentes, je vous mande aussi un *dictamen* de Maître Bernhardus Plumilegus — vulgairement Federlefer — qu'il m'a fait tenir de Wittemberg.

Vous le connaissez pour avoir tous deux cohabité à Deventer. Il m'assure que vous lui fîtes bonne société ; lui-même est un aimable compagnon qui ne tarit pas sur votre louange. Ainsi portez-vous bien au nom de Dieu.

Donné à Leipzig.

II

MAITRE BERNHARDUS PLUMILEGUS DONNE LE BONJOUR A MAITRE ORTUINUS GRATIUS

Malheur au rat qui, pour se cacher, ne possède qu'un trou!

Moi aussi pourrai-je dire, sauf le respect qui vous est dû, homme vénérable, que je serais non moins pauvre, n'ayant qu'un seul ami, si, quand il cogne sur moi, un autre ne survenait pour me traiter affablement.

Témoin ce quidam poète, nommé Georgius Sibutus, lequel est un poète séculier donnant des lectures publiques dans les parlottes et, d'autre part, le meilleur fils du monde. Mais, comme vous ne l'ignorez pas, ces poètes, quand ils n'ont pas comme vous leurs grades en Théologie, s'ingèrent, à tout coup, redresser les autres, font maigre estime des théologiens. Une fois, dans un *symposium* qu'il donnait chez lui, nous bûmes de la cervoise de Thourgau et restâmes attablés jusqu'à la troisième heure. J'étais un peu saoul, parce que la bière m'avait tapé sur la coloquinte. Il se trouva là un personnage qui se comporta fort mal à mon endroit. Je lui offris un demi-verre qu'il accepta ; par la suite, il refusa de me tenir tête. Je l'attaquai trois fois, mais il ne voulut répondre. Il prit un siège en silence et ne dit plus un mot. Alors, celui-ci, pensai-je, te méprise ; c'est un superbe qui te veut molester. Et je fus remué dans ma colère. Je pris le gobelet puis, à tour de bras, lui cognai son viédaze.

Là-dessus, notre poète Sibutus, irrité contre moi, de dire que j'avais fait du boucan chez lui et que je n'avais qu'à foutre le camp au nom du Diable.

A quoi je répondis : « Que m'importe à moi que vous me soyez ennemi? j'en ai d'autres aussi méchants que vous et cependant je leur ai tenu tête. Que m'importe que vous soyez poète? j'ai pour camarades force poètes qui vous valent bien. Je vous estronte, vous et votre poésie. Que croyez-vous donc? Pensez-vous que je sois un sot, né comme une pomme sur un arbre? » Alors il m'a traité d'âne, me criant que je n'avais jamais fréquenté de poètes. « L'âne est dans ta peau, lui repartis-je. Quant aux poètes, j'en ai vu plus que toi. » Je vous nommai, puis nos Maîtres, Sotphi du collège de Kneck, qui composa une glose notable, et Rutgerus, licencié en Théologie du collège de Mons. Enfin, je gagnai la porte et, depuis, nous n'avons cessé d'être ennemis.

C'est pourquoi je vous demande très cordialement de vouloir bien me favoriser d'un *dictamen* que j'ostenterai au Sibutus et à ses compagnons, me voulant glorifier que vous êtes mon ami, autrement bon poète que ce paltoquet. Écrivez-moi surtout les comportements du docteur Joannes Pffefferkorn, s'il est encore en bisbille avec le docteur Reuchlin, si vous le défendez encore comme par le passé ; enfin donnez-moi des nouvelles. Bonne santé dans le Christus.

III

JOHANNES STRANSSFEDERIUS A ORTUINUS GRATIUS

Salut majeur et tout autant de bonnes nuits qu'il y a d'étoiles dans le ciel ou de poissons dans la mer! Vous devez savoir que je me porte bien, ma mère aussi, et de grand cœur j'en voudrais savoir autant sur votre compte, parce que je pense au moins une fois par jour à Votre Seigneurie.

A présent, écoutez, sauf votre bon plaisir, ce qu'a fait ici un nobilion, que le diable confonde *in æternum*! pour avoir scandalisé notre Maître Dom Petrus Meyer à sa table où popinaient plusieurs Maîtres et gentilshommes. Ce garçon n'eut pas une goutte de modestie et se montra si outrecuidant que j'en reste encore stupéfait. « Oui, dit-il, Joannes Reuchlin est plus docte que vous. » Puis le régala d'une chiquenaude. A quoi notre Maître Petrus répondit : « J'enverrais pendre mon col si la chose était vraie! Sainte Maria! le docteur Reuchlin est en Théologie comme un enfant. Un enfant est plus habile en théologie que le docteur Reuchlin. Sainte Maria! n'en doutez point, car j'ai de l'expérience. Je n'entends goutte au livre des *Sentences*. Sainte Maria! cette matière est subtile ; les hommes ne la peuvent assimiler comme la poésie ou la grammaire. Moi aussi, pour peu que j'en eusse le goût, je pourrais être poète ; je pourrais ordonner des mètres, puisqu'à Leipzig j'ai entendu Sulpicius discourir touchant le nombre des syllabes. Mais à quoi cela sert-il? Votre Reuchlin devrait me proposer une question de Théologie, argumenter ensuite *pro et contra*. » Puis, il prouva d'abondance et par de nombreux syllogismes que nul ne connaît à fond la Théologie, sinon par l'influx du Paraclet. Car c'est l'Esprit-Saint lui-même qui dévoile ce grand Art. Au contraire, la poésie est nourriture pour le Diable, comme l'affirme Hieronymus dans son épistolaire.

Alors ce crapaud de le démentir, assurant que le docteur Reuchlin est au mieux avec le Saint-Esprit, qu'il est grandement qualifié en Théologie, étant l'auteur d'un livre théologique dont le nom m'échappe. Il finit en appelant « vieille bête » notre Maître Dom Petrus. Puis, il déclara que notre Maître Hoogstraten est un moine fromager, de quoi les convives se tordirent. Mais moi je lui représentai le scandale et quelle honte c'est de voir un simple compagnon manquer de révérence au docteur Meyer.

Dom Petrus fut tellement irrité qu'il se leva de table, allégua l'Évangile, disant : *Tu es Samaritain et possédé du Diable!* J'ajoutai : « Prends cela pour toi! » grandement réjoui que mon bon maître eût si vertement exécuté le trupheur.

Vous devez persévérer dans votre attitude ; vous devez, comme par le passé, défendre la Théologie sans regarder si l'adversaire est noble ou manant, puisque vous êtes fort de vos capacités. Si je savais écrire en vers comme vous le faites, je n'aurais souci d'un Prince quand bien même il voudrait me condamner à mort. En outre, je suis l'ennemi des juristes qui, chaussant des brodequins écarlates, des manteaux fourrés et des cols d'hermine, ne tirent pas la révérence due aux Maîtres d'ici et d'ailleurs.

Je vous prie encore, avec humilité et non moins d'affection, de vouloir bien me notifier les sentiments de Paris à propos du *Speculum oculare*[3]. Plaise à Dieu que notre inclyte mère l'Université de Paris fasse avec nous cause commune pour brûler ce livre hérétique et plein de scandales, ainsi que l'écrivit notre Maître Lungarus!

[3] Le *Miroir oculaire* de Reuchlin.

J'ai ouï-dire que Maître Sotphi, du collège de Kneck, auteur d'une glose notable sur les quatre parties d'Alexandre, serait mort. J'espère néanmoins que c'est là un faux bruit, pour ce qu'il fut excellent homme, grammairien profond, supérieur de beaucoup à ces nouveaux grammairiens poétiques.

Daignez présenter aussi mes hommages à Maître Remigius qui me fut un maître sans égal. Il me donnait d'insignes camouflets, disant : « Te voilà comme une auque, refusant de travailler pour devenir un célèbre argumentateur! » Alors je répondais : « Très excellent Seigneur notre Maître, je me veux amender à l'avenir. » Parfois il me tenait quitte, parfois il me donnait une vigoureuse discipline. Ainsi ahuri, je devins discret en recevant de bon cœur le châtiment de ma négligence.

Je n'ai rien à vous marquer de plus, sinon qu'il vous plaise vivre cent ans encore et vous bien porter dans le repos.

Donné à Mayence.

IV

MAITRE JOANNES CAUTRIFUSOR A MAITRE ORTUINUS GRATIUS

Cordiales salutations, Vénérable Seigneur Maître! Puisque nous avons fréquemment traité les mêmes bagatelles et que vous n'avez cure d'une fantaisie que l'on vous narre, ainsi que je me propose de le faire, je ne crains pas que vous preniez en mauvaise part la gaudriole que voici. Car vous eussiez agi de même et vous rirez, je n'en doute pas ; le tour est des meilleurs.

Advint ici, naguère, un moine des Prêcheurs, assez profond en Théologie, et spéculatif, et goûté de nombreux adeptes. Il se nomme le docteur Georgius. Après avoir séjourné à Halles, il vint ici, prêcha bien la moitié de l'année, réprimandant les uns et les autres au sermon, n'épargnant pas même le Prince et ses vassaux.

A la collation, il se montrait sociable, d'esprit jovial, buvant avec les compagnons demi-verres et rouges-bords. Mais toujours, quand il avait popiné la veille au soir, en notre compagnie, il sermonnait le matin contre nous, disant : « Les Maîtres de cette Université bambochent avec leurs copains, hument le pot jusqu'à l'aurore, jouant et préoccupés de balivernes. Ils devraient s'amender eux-mêmes, renoncer à de telles sornettes, puisque l'exemple nous vient d'eux. »

Souventefois sa critique me rendit vérécundieux ; je fus irrité contre ce Georgius, rêvant aux moyens d'en obtenir des représailles et ne les trouvant pas. Quelqu'un me dit que le bon frère se coulait nuitamment chez une coquine, la besognait et dormait avec. Entendant cela, je réunis quelques-uns de mes condisciples habitant le collège. Vers 10 heures, nous fûmes au gîte de la péronnelle où nous entrâmes de force. Le moine, voulant fuir, n'eut pas le temps d'emporter son vestiaire. Il sauta nu par la fenêtre ; j'en ris au point que je me compissai. Puis, je lui criai : « Dom Prédicateur, emportez donc vos ornements pontificaux! » Dehors, mes amis le traînèrent dans la boue et dans la merde.

Cependant, je les calmai, leur enjoignant de faire paraître la plus entière discrétion. Ensuite de quoi j'obtempérai à leur caprice et, tous, nous fornicâmes la donzelle du Prêcheur.

C'est ainsi que je me vengeai de ce moine qui, depuis, s'est abstenu d'épiloguer sur mes comportements. Gardez-vous cependant d'ébruiter l'aventure, à cause que les Frères Prêcheurs sont à présent pour vous contre le docteur Reuchlin, défendent l'Église catholique et la Foi contre ces poètes séculiers. Je voudrais que mon insulteur fît partie d'un Ordre moins illustre ; car celui des Prêcheurs est mirifique entre tous.

Vous, ne manquez point de me notifier quelque bonne histoire et ne vous irritez contre moi. Portez-vous bien.

De Wittemberg.

V

NICOLAUS CAPRIMULGIUS, BACHELIER, A MAITRE ORTUINUS GRATIUS

Un salut copieux avec une grande révérence pour Votre Dignité, comme se doit en écrivant au Maître que vous êtes! Vénérable Dom Maître, sachez qu'il est une question notable dont j'implore ou sollicite votre Maîtrise de me fournir l'éclaircissement. Nous avons ici un Grec. Il commente la grammaire d'Urbanus. Or, quand il écrit le grec, il met toujours en haut les accents. C'est pourquoi j'ai dit naguère : « Maître Ortuinus enseigna pourtant la grammaire grecque à Deventer. Il est aussi compétent que cet individu : jamais pourtant il n'écrivit les accents de telle sorte et je crois qu'il entend assez bien son affaire pour pouvoir à l'occasion corriger ce faquin de Grec. » Mais les autres n'ont pas voulu me croire. Mes amis et mes condisciples m'ont demandé d'écrire à Votre Domination qui voudra me notifier dans quel sens il faut opiner et si nous devons ou non mettre des accents.

S'il n'en faut pas mettre, par les Dieux! nous voulons sérieusement embêter le Grec et faire qu'il ne garde qu'un petit nombre d'auditeurs.

Je vous ai bien vu à Cologne, dans la maison d'Henricus Quentel, au temps où vous étiez correcteur. Quand vous aviez à corriger du grec, vous faisiez sauter les accents mis au-dessus des lettres, disant : « Que signifient de pareilles sottises? » Je m'avisai, dès lors, que vous aviez quelque raison, car sans cela vous ne l'eussiez pas fait. Vous êtes un homme admirable. Dieu vous a fait une grande grâce, puisque vous connaissez quelque chose dans tout le cognoscible. C'est pourquoi vous devez louer le Seigneur Dieu dans vos mètres, et la béate Vierge, et tous les saints de Dieu. Mais ne soyez pas molesté par moi si j'importune Votre Seigneurie avec mes interrogatoires ; je ne fais cela que pour cause d'information. Portez-vous bien.

De Leipzig.

VI

MAITRE PETRUS HAFENMUSIUS A MAITRE ORTUINUS GRATIUS

Innombrables saluts, Vénérable Seigneur Maître! Si j'avais pécune et substances copieuses, je voudrais vous offrir une popination de choix, croyez-m'en sur parole, à la condition que vous me tiriez du doute que voici.

Mais pour ce que je n'ai présentement ni bœufs ni brebis, non plus qu'aucune autre bête des champs et que je suis fort gueux, je ne peux rémunérer votre doctrine. Toutefois, je vous promets qu'aussitôt pourvu d'un bénéfice (et je postule en ce moment pour certain vicariat) je me propose de vous rendre une fois des honneurs tout spéciaux.

Donc, veuillez m'écrire s'il importe au salut éternel que les écoliers apprennent la Grammaire dans les profanes, comme Virgilius, Tullius, Plinius et autres poètes. Il me paraît, à moi, que ce n'est point une bonne façon d'étudier. En effet, Aristoteles, au chapitre premier de sa *Métaphysique*, dit que « les poètes mentent beaucoup ». Mais ceux qui mentent pèchent, et ceux qui fondent leur étude sur le mensonge la fondent sur le péché. Or, tout ce qui est fondé sur le péché n'est pas bon, mais contre Dieu, puisque Dieu est ennemi du péché. Dans la poéterie tout est mensonge ; ceux qui commencent leurs études par la poéterie ne sauraient croître dans le bien. Car d'une méchante racine sort toujours de la mauvaise herbe, et d'un arbre vénéneux des fruits empoisonnés. Ce que dit notre Sauveur dans l'Évangile : *La souche n'est impollue qui donne un mauvais fruit.*

Et je me remémore en perfection l'avis que me bailla une fois notre Maître Valentinus de Geltersheim, au collège du Mont, quand fus son disciple et voulus entendre Sallustius. Il me dit : « Pourquoi veux-tu entendre Sallustius, dyscole? »

Je répondis alors : « Parce que Maître Johannes de Breslau prétend que de tels poètes nous apprenons à rédiger d'excellents *dictamen.* » Mais lui me rétorqua : « C'est un phantasme! Tu dois t'attacher aux *Parties* d'Alexander, aux *Épistoles* de Carolus que l'on paraphrase dans les cours de Grammaire. Quant à moi, je n'ai jamais entendu goutte à Sallustius et pourtant j'excelle à composer des *dictamen* soit en vers, soit en prose. » Par ces bonnes raisons, Valentinus notre Maître me détourna d'étudier jamais en Poésie.

Ces humanistes d'à présent m'horripilent avec leur latin nouveau. Ils abrogent les bouquins d'autrefois : Alexander, Remigius, Johannes de Garlandria, Cornutus, le *Compost des vocables*, l'*Épistolaire* de Maître Paulus Niavis, disant de si grandes menteries que je me signe de la croix lorsque je les entends parler. Ainsi, l'un d'entre eux affirmait naguère que, dans une certaine province, il existe une eau dont le sable est d'or et qui se nomme Tagus, de quoi je me suis rigolé en cachette, puisque le fait n'est pas possible.

Je sais bien que vous êtes poète ; cependant j'ignore d'où vous tenez cet art. On assure qu'à votre gré vous écrivez, en une heure, des montjoies de vers ; mais j'estime que votre intellect est ainsi illuminé par l'influx du supernel Esprit, que vous savez ces choses et d'autres parce que toujours vous fûtes bon théologien et que vous redressez comme il faut les Gentils.

De grand cœur je vous écrirais des nouvelles si j'en avais appris. Mais je n'en sais aucune, sinon que les Frères et les Doms de l'Ordre des Prêcheurs ont ici de copieuses indulgences. Ils absolvent de la peine et de la coulpe n'importe qui se confesse avec contrition, ayant pour cet objet des lettres papales.

De votre part, écrivez-moi aussi quelque chose ; car je suis en quelque manière comme votre valet.

De Nuremberg.

VII

THOMAS LANGSCHNEIDERIUS, BACHELIER EN THÉOLOGIE COMBIEN QU'INDIGNE, DONNE LE BONJOUR A DOM ORTUINUS GRATIUS DEVENTERIEN, HOMME SUPEREXCELLENT NON MOINS QUE SAVANTISSIME, POÈTE, ORATEUR, PHILOSOPHE, THÉOLOGIEN, EN OUTRE ET PLUS, S'IL LUI PLAISAIT.

Puisque (ainsi le promulgue Aristoteles) douter de toute chose n'est point inutile, puisque dans l'*Ecclésiaste*, on peut lire : *J'ai proposé à mon esprit de pousser quêtes et investigations à travers tous les objets qu'on rencontre sous le soleil*, je me hasarde et soumets à Votre Seigneurie une question qui m'inspire quelque doute. Mais, d'abord, je proteste, par les Dieux sacrés! que je ne veux en aucune façon tenter Votre Seigneurie ni votre respectabilité, mais que je souhaite cordialement et affectueusement qu'elle me veuille édifier sur cettuy doute. Il est écrit dans l'*Évangile* : *Ne cherche pas à tenter le maître ton Dieu* et, dans *Salomon* : *De Dieu émane toute sagesse.*

Or, c'est vous qui me donnâtes la science que j'ai ; cependant toute bonne science est le principe de sagesse. C'est pourquoi vous êtes à mes regards comme Dieu, m'ayant conféré le commencement de la sagesse, pour m'exprimer sur le mode poétique.

Voici comment fut introduite ma question. Naguère, nous eûmes ici un banquet d'Aristoteles. Docteurs, Licenciés et les Maîtres encore se gaudirent amplement. J'assistais à la fête. Nous bûmes, à l'apéritif, trois coups de malvoisie ; après quoi, nous goûtâmes d'abord du pain d'épice frais que nous mettions en boulettes ; puis, vinrent six plateaux de boucherie, et de gallines, et de chapons ; un autre de marée. Entre chaque plat, des vins de Cobourg, du Rhin, la cervoise d'Embeke, de Thourgau et de Neubourg. Et les Maîtres se déclarèrent satisfaits, disant que les nouveaux Maîtres avaient bien fait les choses, de quoi ils reçurent grand honneur.

Devenus hilares, nos Maîtres commencèrent à discourir d'un art incomparable sur les plus graves questions. L'un d'eux s'avisa d'enquêter s'il est convenable de dire : *Magister Nostrandus* ou *Noster Magistrandus*, pour une personne apte née à devenir Docteur en Théologie, comme, à présent, est dans Cologne ce père melliflu, frater Theodoricus de Gand, carme déchaux, légat vénérandissime de Cologne, la nourricière Université, philosophe argumentateur, artiste grandement perspicace et théologien suréminent.

Maître Warmsemmel, mon compatriote, lui répondit soudain, lequel est un scottiste des plus aigus, Maître depuis dix-huit années, qui, dans ses débuts, fut rejeté deux fois et trois fois empêché pour le degré de Maître, mais n'en revint pas moins à la charge jusqu'au temps qu'il y fut promu pour l'honneur de l'Université. Il raisonne pertinemment ses actes ; il a de nombreux disciples grands et petits, jeunes et vieux. Il s'exprima d'un air grave et plein de maturité, soutenant qu'il faut dire : *Noster Magistrandus*, que c'est le terme unique. *Magistrare* signifie apertement « faire Maître », *baccalauriare* « faire Bachelier » et *doctorare* « faire Docteur ». De là viennent ces termes : *Magistrandus*, *Baccalauriandus* et *Doctrinandus*. Les Docteurs en Théologie sacrée ne prennent pas le titre de « Docteurs » il est vrai, mais pour cause d'humilité, pour cause de sainteté et pour marquer aussi leur différence d'avec le commun, ils se nomment ou sont appelés « Maîtres », à cause qu'ils occupent dans la foi catholique la place de notre Dom Jesus-Christus, — fontaine de vie — et que Jesus-Christus est notre Maître à tous. Donc, ceux-là mêmes prennent le nom de Maîtres qui nous doivent instruire dans le chemin de vérité. Dieu est vérité. C'est pourquoi ils sont qualifiés à bon droit, puisque nous tous, chrétiens, devons ouïr leurs prédications et n'y jamais contredire, ce qui fait qu'ils sont les maîtres de nous tous. Mais les désinences *tras, trare* ne sont pas dans notre usage ; elles ne se lisent point dans nos vocabulaires, ni dans le *Catholicon*, ni dans le *Breviloque*, ni dans la *Gemme des Gemmes*, qui renferme cependant un grand choix d'expressions. Je conclus. Il faut dire *Magistrandus*, point *Magister Nostrandus*.

Vint à la réplique Maître Andreas Delitzch, homme fort subtil, poète d'une part, de l'autre artiste, jurisprudent et médecin.

D'habitude, il enseigne Ovidius en sa *Métamorphose*, déduit chacune des fables dans le sens littéral et dans l'anagogique, dont je fus l'auditeur, pour ce qu'il expose très fondamentalement et que, dans sa maison, il paraphrase en outre Quintilianus et Juvencus.

Il prit parti contre Maître Warmsemmel, soutint qu'il nous faut dire *Magister Nostrandus*. Parce que d'abord, comme il y a une différence entre *Magisternoster* et *Noster Magister*, la même différence existe entre *Magister Nostrandus* et *Noster Magistrandus* ; ensuite, parce que *Magisternoster* se dit d'un docteur en Théologie et ne forme qu'un mot, tandis que *Noster Magister* est composé de deux vocables, s'appliquant à tous Maîtres dans les sciences libérales tant d'espèces mécaniques et manuelles, que d'espèce intellectuelle. Peu importe, que, chez nous, les finales… *tras… trare* n'aient pas un cours habituel, étant donné que nous pouvons élaborer des termes neufs. Et, là-dessus, il allégua Horatius.

Les Maîtres alors s'émerveillèrent de tant d'ingéniosité. L'un d'eux lui offrit un canthare où moussait la bière de Neubourg. « Je préfère attendre ; mais épargnez-moi », répondit-il ; puis, touchant sa barrette, il s'esclaffa très hilare et, portant la santé de Maître Warmsemmel : « Voilà, dit-il, Seigneur Maître, afin que vous ne m'imputiez point de vous être ennemi. »

Puis il but d'un seul trait, à quoi Maître Warmsemmel répondit vaillamment pour l'honneur de la Silésie. Et tous les Maîtres se conjouirent. Ensuite de quoi, l'on sonna pour les vêpres.

A ces causes, je demande à Votre Excellence qu'elle veuille bien me donner son avis, car vous êtes merveilleusement profond. Je me suis dit pour lors : « Dom Ortuinus me doit la vérité, qui fut mon précepteur à Deventer quand j'y faisais ma troisième. » De plus, vous me devez certifier comment va la guerre entre vous et Johannes Reuchlin. J'ai compris que ce ribaud (encore que juriste et docteur) ne veut en aucune façon rétracter ses paroles. Envoyez-moi derechef le livre de notre Maître Arnaldus de Tongres, qu'il divisa par articles, étant beaucoup subtil et dans quoi il aborde le plus profond de la Théologie. Portez-vous bien. Ne prenez pas en mauvaise part que je vous écrive ainsi en camarade. Vous me dîtes autrefois que vous m'aimez autant qu'un frère et que vous m'entendez promouvoir en toute chose, quand bien même il vous faudrait pour cela dépendre la forte somme.

Donné à Leipzig.

VIII

FRANCISCUS GENSELINUS A MAITRE ORTUINUS GRATIUS

Salutation à la gravité de quoi mille talents ne sauraient équipoller! Apprenez, Vénérable Dom Maître, qu'il est ici grandement question de vous. Les Théologiens font de votre personne une abondante préconisation à cause que vous n'avez d'égards pour qui que ce soit et que vous écrivez en défendant l'orthodoxie contre le docteur Reuchlin. Mais quelques béjaunes sans esprit, des juristes qui ne sont point éclairés dans la foi chrétienne, se truphent de Votre Seigneurie et lui déblatèrent sur le casaquin. Toutefois ils ne sauraient prévaloir, puisque la Faculté de Théologie tient pour vous. Et naguère, lorsque sont venus ici les *Actes des Parisiens*, presque tous les Maîtres ont acheté ce livre, de quoi ils se gaudirent énormément. Pour lors, en ayant fait moi-même emplette, je l'envoyai à Heidelberg pour le signaler à nos contradicteurs.

Les ayant vus, j'estime que ceux d'Heidelberg ne tarderont pas à se repentir de n'avoir point tenu pour l'alme Université de Cologne dans ses conclusions contre le docteur Reuchlin. J'apprends d'ailleurs que, pour ce motif, l'Université de Cologne a promulgué un statut par quoi elle s'oblige à ne jamais promouvoir dans les siècles des siècles les Maîtres ou Bacheliers ayant pris leurs grades à Heidelberg. C'est bien fait. Ils apprendront à connaître l'Université de Cologne, à épouser, une autre fois, son parti. Je voudrais qu'on en fît de même pour les autres Universités ; mais je crois qu'elles ne sont pas informées de tout cela ; veuillez donc pardonner à leur ignorance.

Un compagnon m'a donné de bien jolis vers que vous devriez intimer à l'Université de Cologne. Je les ai montrés aux Maîtres et à nos Maîtres qui les ont fort recommandés. Je les ai adressés à plusieurs cités pour votre gloire ; car vous avez toutes mes faveurs. Lisez-les donc et sachez ce que je pense :

Qui veut lire les dépravations hérétiques,

Et, du même coup, apprendre les bonnes latinités,

Celui-là doit acheter les *Actes des Parisiens*

Et les factums, dans Paris naguère édictés,

Comme quoi Reuchlin erre sur la Foi,

Ainsi que notre Maître Tongarus doctrinalement le prouve.

Ces choses, Maître Ortuinus veut les lire

Gratuitement, dans cette alme Université,

Et d'un bout à l'autre sur le texte gloser,

Non sans quelques remarques notables sur les marges notes.

Il veut, en outre, argumenter pour et contre,

Ainsi les Théologiens, dans Paris,

Quand ils examinèrent le *Speculum oculare*

Et Reuchlin magistralement condamnèrent :

Comme le savent les frères Carmélites

Et les autres qui s'appellent Jacobites.

Je m'étonne si vous prenez quelque intérêt à des choses de ce genre. Vous êtes si artiste dans vos compositions, vous possédez une suavité si grande que je ris toujours de plaisir quand je lis quelqu'un de vos ouvrages. Moi, je souhaite qu'il vous plaise vivre longtemps afin que votre los grandisse autant qu'il a fait jusqu'ici ; car chacun de vos écrits est de la dernière utilité.

Dieu vous gard' et vivifie! Qu'il ne vous abandonne point aux mains de vos ennemis!

Comme dit le *Psalmiste* : *Que le Seigneur vous guerdonne selon votre cœur et confirme tous vos desseins!*

Et vous aussi me veuillez écrire de vos gestes ; car de grand cœur je vois et entends ce que vous faites et comme vous agissez. Donc, portez-vous bien.

De Fribourg.

IX

MAITRE CONRADUS DE ZWICKAU DONNE LE BON VÊPRE A MAITRE ORTUINUS GRATIUS

Parce qu'on lit dans l'*Ecclésiaste*, XI : *Exulte, jouvenceau, dans ton adolescence!* pour cela je suis présentement d'esprit joyeux, car il faut que vous appreniez qu'en amour tout me vient à point et que j'ai fort à belluter. Ainsi dit Ézéchiel : *A présent, il forniquera dans sa fornication.* Et pourquoi ne devrais-je pas, de temps à autre, me purger les rognons? Cependant je ne suis pas un ange, mais un homme ; or, tout homme est sujet à l'erreur.

Vous aussi jouez quelquefois du serre-croupière, encore que Théologien, car vous ne pouvez dormir toujours seul. Témoin ce verset de l'*Ecclésiaste*, IV : *Si deux couchent ensemble, ils s'échaufferont mutuellement.* Un seul, comment parviendrait-il à se donner chaud?

Quand m'écrirez-vous des faits de votre petite amie? Naguère, quelqu'un m'a narré que, pendant qu'il était à Cologne, vous eûtes avec elle une prise de bec et vous la gourmâtes comme il faut, pour ce qu'elle ne culetait point à votre goût. Quant à moi, j'admire qu'il vous soit possible de cogner sur une si charmante femelle : rien que de le voir, j'en pleurerais. Vous eussiez dû la prévenir qu'elle n'eût pas à recommencer. Se corrigeant d'elle-même, elle eût mis plus de grâce au nocturne déduit. Quand vous nous commentiez Ovidius, vous nous apprîtes qu'on ne doit sous aucun prétexte frapper les dames et vous alléguâtes sur ce point les Écritures Saintes.

Je suis content que ma petite soit d'humeur hilare et ne se mette pas en rogne contre moi. Quand je vais chez elle, j'en use de même, ce qui nous tient en joie, et nous biberonnons des vins, de la cervoise, parce que le vin létifie le cœur de l'homme, cependant que la tristesse lui dessèche les os.

Si par hasard je m'emporte contre elle, voici qu'elle me baise et la paix se conclut. Elle me dit ensuite : « Mon petit homme, soyez de belle humeur. »

Dernièrement, comme je l'allai voir, je bousculai en entrant un jeune courtaud de magasin qui gagnait au pied. Ses souliers étaient dénoués, son front en sueur, d'où j'inférai qu'il venait de monter dessus. D'abord, je fus quelque peu irrité ; cependant elle me jura que le commis ne l'avait point touchée, mais qu'il prétendait lui vendre une pièce de linteau pour faire des chemises. « C'est fort bien, répliquai-je, mais toi, quand me donneras-tu une chemise? »

Alors elle me pria de lui remettre deux florins moyennant quoi elle pourrait acheter la toile et que certes elle ne manquerait pas de lever sur la pièce une chemise en ma faveur. Je n'avais pas le sou, mais j'empruntai les deux florins à un condisciple et les lui donnai aussitôt. J'approuve, quant à moi, qu'on soit de bonne humeur. Les médecins prétendent que rien n'est si pertinent à la santé. Nous avons ici un certain Maître qui bougonne tout le temps, n'a pas une minute de gaieté, ce qui fait qu'il est toujours infirme. Il me reprend sans cesse, me détourne d'aimer les femelles parce que ce sont des diables qui font tourner les hommes en bourrique, parce qu'elles sont immondes et que nulle femme ne peut s'enorgueillir de pureté. Quand l'un de nous est avec une femelle, c'est comme s'il était avec un diable, car elles ne permettent aucun soulas. A quoi j'ai répondu : « Veuillez m'excuser, cher Maître, mais il me semble que Mme votre mère était femme », et je m'en suis allé.

Le même a prêché naguère que les sacerdotes en aucune façon ne doivent garder avec soi de concubines, que les Évêques pèchent mortellement quand ils reçoivent la dîme du lait et qu'ils permettent aux servantes de demeurer avec les prêtres, à cause qu'ils les devraient expeller tout net. Mais que ce soit A ou B, nous devons être joyeux de temps à autre ; même nous pouvons cohabiter avec les femelles quand personne ne nous voit. Nous allons ensuite au confessionnal. Dieu est tout clémence, de qui nous devons attendre le pardon.

Je vous envoie par le même ordinaire certain écrit pour la défense d'Alexander Gallus, grammairien antique et suffisant, encore que les poètes modernes veuillent y reprendre. Mais ils ne savent ce qu'ils disent, puisque Alexander est le meilleur, ainsi qu'autrefois vous nous l'apprîtes, quand je stationnais à Deventer. Un Maître m'en a guerdonné ici ; mais j'ignore de quelle part il le tient. Je voudrais que vous donnassiez la chose à l'imprimerie. Cela insufflerait à nos poètes une ire véhémente. L'auteur, en effet, les vexe rudement. Cet ouvrage est écrit si poétiquement, dans un langage si relevé, que je n'y comprends goutte. Celui qui l'écrivit est, c'est clair, un bon petit poète, mais de plus théologien. Il ne fait pas cause commune avec les poètes séculiers, à la façon de Reuchlin, Buschius et autres.

Dès qu'on m'aura donné quelque matière, j'ai déjà dit que je me propose de vous l'envoyer pour que vous en fassiez lecture. Si vous avez quelque chose de nouveau, vous plaise aussi me le mander. Portez-vous bien, dans une charité qui n'est pas feinte.

De Leipzig.

X

JOANNES ARNOLDUS DONNE LE BONJOUR A MAITRE ORTUINUS GRATIUS

Puisque toujours vous tient la concupiscence de quelque nouveauté, selon un dit d'Aristoteles : *Les hommes, par nature, sont épris de savoir*, moi Joannes Arnoldus, votre disciple et très humble serviteur, j'envoie à Votre Seigneurie, ou bien à Votre Honorabilité, un libelle que composa un certain Ribaldus[4], lequel scandalisa Dom Johannes Pffefferkorn de Cologne, très intègre personne, comme nul n'en peut douter. J'en fus grandement courroucé ; mais nul moyen de faire échec à l'impression. Le compagnon qui l'écrivit a de nombreux zélateurs, même gentilshommes, qui courent par la ville, armés comme des bouffons et traînant de longues rapières.

[4] C'est la lecture de l'édition anglaise d'Henri Clément, Londres, 1743. Victor Develay, au contraire, lit *ribaldus* : « ribaud », encore que Hutten semble s'être diverti à faire de l'épithète un nom propre. De même Ernest Münch (Leipzig, 1827) lit *Ribaldus*, n. p.

Néanmoins, j'ai dit que cela n'est point correct, que ces poètes séculiers, avec leurs cadences, fomenteront bien des guerres encore, si nos Maîtres n'y portent advertance et ne les font citer par Maître Jacobus de Hoogstraten devant la Curie romaine. Je crains même qu'il n'en résulte une grande perturbation pour la Foi catholique.

Je vous prie donc de vouloir bien composer un livre contre ce fauteur de scandale et le vexer efficacement. Il ne sera plus dorénavant si audacieux que de mécaniser nos Maîtres, quand il est simple compagnon, n'étant promu ni qualifié, soit en Art soit en Droit, combien qu'il ait fait séjour à Bologne où sont de nombreux poètes séculiers dépourvus de zèle et d'illumination dans la Foi. Le même compagnon prit naguère place à un dîner. Il avança que nos Maîtres de Cologne et de Paris font injure au docteur Reuchlin ; quant à moi, je lui fis de la contradiction. Il se mit alors à me houspiller de paroles désobligeantes et scandaleuses. De quoi je fus si courroucé que je me levai de table, protestant devant tous contre ces injures, au point qu'il ne me fut pas possible d'avaler une bouchée. Vous pourriez peut-être me donner un conseil touchant l'affaire ci-dessus, puisque vous avez quelques parties de juriste. J'ai compilé un certain nombre de mètres que je vous fais tenir par la présente : choriambe, hexamètre, saphique, ïambique, asclépiade, hendécasyllabe, élégiaque, dicolon, distrophon.

Qui est bon catholique doit penser comme le Parisien :

Parce que leur Gymnase est la mère de toutes les Universités.

Vient ensuite Cologne la Sainte, qui vit dans une foi chrétienne si grande

Que nul ne la doit contredire, sous peine de purger une peine méritée :

Ainsi, le docteur Reuchlin, auteur du *Speculum oculare*,

Que notre Maître Tungarus a convaincu d'hérésie,

Tout comme notre Maître Altaplatea qui fit brûler ses *dictamen*.

Si j'avais une idée, un soupçon d'argument, je voudrais composer un livre contre ce trupheur et prouver que, de plein droit, il est excommunié.

Je n'ai pas le temps de vous en écrire plus long. Il faut que je me rende au cours. Un Maître nous lit des répliques sur l'Art ancien, ordonnées avec une grande subtilité ; je les écoute afin de me pousser dans l'érudition. Portez-vous bien, par-dessus les compagnons et les miens amis qui demeurent, loin ou près, dans tous honnêtes lieux.

XI

CORNELIUS FENESTRIFEX DONNE PLUSIEURS BONJOURS A ORTUINUS GRATIUS

Autant de salutations que d'étoiles au ciel et, dans la mer, de grains de sable, Dom Maître Vénéré! Ici, j'ai force rixes et guerres avec de mauvaises gens qui présument de leur science, n'ayant pas étudié même la Logique, science des sciences. J'ai célébré naguère, au couvent des Prêcheurs, une messe du Saint-Esprit, afin qu'il plaise au Seigneur m'infuser sa grâce avec une bonne mémoire des syllogismes ; elle me permettra d'argumenter contre les mécréants qui ne savent que latiniser et parfaire des *dictamen.* J'ai, dans cette messe, imposé une collecte pour notre Maître Jacobus de Hoogstraten et notre Maître Arnoldus de Tongres, suprême régent de Saint-Laurentius. Que dans leurs controverses théologiques ils puissent amener jusqu'à la borne des réfutations le nommé Joannes Reuchlin, docteur en droit, poète séculier et présomptueux qui mène contre les universités une campagne en faveur des Juifs! Il émet des propositions scandaleuses, qui offensent les oreilles dévotes, ainsi que l'ont prouvé Johannes Pffefferkorn et notre Maître Arnoldus de Tongres, mais il n'est pas fondé en théologie spéculative, non plus qu'en Aristoteles ou en Petrus Hispanus. C'est pourquoi nos maîtres, dans Paris, l'ont condamné soit au feu, soit à rétractation. J'ai vu la lettre et le cachet de Mgr le Doyen de la sacro-sainte Faculté parisienne de Théologie.

Un de nos Maîtres, furieusement profond en Théologie sacrée, illuminé dans la Foi, membre de quatre Universités, ayant sous sa férule plus de cent casuistes occupés à écrire sur le livre des *Sentences*, sur quoi ses arguments se fondent, assure à tout venant que le Docteur précité, Joannes Reuchlin, ne se peut évader. Le Pape lui-même n'oserait édicter une sentence contre une telle Université solemnissime, en faveur d'un qui n'est pas même théologien, qui n'entend pas le bienheureux Thomas, *Contre les Gentils*, combien que l'on prétende qu'il soit docte et même en Poésie. Un de nos Maîtres, curé de Saint-Martinus, m'a ostenté une épître dans laquelle, fort aimablement, cette Université promet à sa sœur de Cologne un concours effectif et réel. Cependant, ces latinistes outrecuident au point de tenir le parti contraire!

Je suis naguère descendu à Mayence, *Hôtel de la Couronne*, où, de la sorte la plus indiscrète, une couple de trupheurs me suscita des vexations. Ils appelèrent nos Maîtres de Paris et de Cologne des fantasques et des sots, leurs livres des *Sentences*, une logomachie. De même, les procès, les recueils, les appels de tous les collèges n'étaient pour eux que foutaise. J'en fus à ce point irrité qu'il ne me vint aucune réponse. Ils s'avisèrent de me tarabuster encore parce que j'avais effectué le pèlerinage de Trèves, dans le but d'y voir la tunique du Seigneur. Ils dirent que ce n'était peut-être pas sa robe elle-même et le prouvèrent par des syllogismes cornus : tout ce qui est déchiré ne doit pas être offert comme tunique du Seigneur ; or, la robe en question est déchirée, donc… etc. J'accordai la majeure, mais je m'inscrivis en faux contre la mineure. Après quoi, ils argumentèrent de la sorte : le bienheureux Hieronymus dit : *Infatué d'une erreur vétuste, l'Orient a déchiqueté en menus lambeaux la robe du Seigneur ; elle était sans couture et prise dans une seule étoffe.* Je rédarguai que saint Hieronymus n'est pas du style évangélique et serait présomptueux, au regard des Apôtres. Là-dessus, j'ai quitté la table et laissé les trupheurs. Vous devez savoir que ceux qui parlent avec une telle irrévérence de nos Maîtres, des Docteurs illuminés dans la Foi, peuvent être excommuniés de fait par le Pape. Si les membres de la Cour de Rome le savaient, ils les assigneraient devant la Curie et se feraient attribuer leurs bénéfices. Tout au moins, ils les pourraient molester avec dépens.

Qui jamais a ouï dire que de simples compagnons, qui ne sont promus ni qualifiés dans aucune Faculté, aient congé de houspiller des hommes distingués, des hommes profondissimes dans tous les genres de sciences comme nos Maîtres sont? Mais ils se rengorgent à cause de leurs vers. Moi aussi je sais faire des vers, des *dictamen*. Car j'ai lu aussi le *Nouvel Idiome latin* de M. Laurentius Corvinus et du grammairien Brassicanus, et Valerius Maximus et les autres poètes. Et j'ai naguère compilé, chemin faisant, un *dictamen* en vers contre ces quidams. Le voici :

Sont à Mayence, *Auberge de la Couronne*,

Où j'ai récemment dormi en personne,

Deux crapauds indiscrets.

Contre nos Maîtres, pasquins irrévérencieux,

Ils osent redresser les Théologiens,

Encore qu'ils ne soient pas même promus en Philosophie

Et ne sachent pas, dans les écoles, disputer en forme

Et d'une seule conclusion former plusieurs corollaires,

Comme l'enseigne fondamentalement le Docteur Subtil :

Qui méprise celui-là est un jeanfoutre!

Comment concluent les quodlibétaires du Docteur Irréfragable,

Qui dans les sciences ne peut être expugné,

Ils ne le savent point ; ils ignorent le Docteur Séraphique,

Sans lequel ne se peut élever un bon physicien,

Et les gloses véridiques du Docteur Saint,
Tellement élevé dans Aristoteles et dans Porphyrius,
Qui seul exposa les cinq *Universaux*
Nommés pareillement les cinq *Prédicables*.
O que brièvement il épitome les sermonnaires
Et met en *compendium* d'Aristoteles les sentences morales!
Toutes ces choses, les poètes ne les entendent point :
C'est pourquoi ils parlent à l'étourdie
Comme ces deux trupheurs présomptueux
Et qualifient nos Maîtres des bonshommes pleins de fiel.
Mais notre Maître Hoogstraten les va citer :
Alors, ils n'oseront plus harauder les Illuminés.

Portez-vous bien. Saluez pour moi, avec une grande révérence, Nosseigneurs : Maître Arnoldus de Tongres, Maître Remigius, Maître Valentinus de Geltersheim et Dom Jacobus de Ganda, poète éminemment subtil de l'Ordre des Prêcheurs, ainsi que toute la compagnie.

XII

MAITRE HILDEBRANDUS MAMMACEUS DONNE LE BONJOUR A MAITRE ORTUINUS

Très aimé Dom Ortuinus, je ne peux écrire en ce moment une épître élégante suivant les préceptes inclus dans le *Traité d'épistolaire*, à cause que le temps ne me le permet pas. Il importe, sur-le-champ et succinctement, de vous faire connaître en peu de mots ce qui arrive ; car j'ai un cas des plus neufs à expédier. Entendez ceci :

Vous devez savoir qu'il court un bruit terrible. Tout le monde prétend que, dans la Curie romaine, la cause de nos Maîtres est en mauvaise posture. On prétend que le Pape veut authentiquer la sentence qui fut portée à Spire, l'an dernier, en faveur du docteur Reuchlin.

Oyant cela, je fus saisi d'une telle peur que je ne pus articuler un mot. Je suis resté muet et, deux nuits durant, n'ai pas dormi. Les amis de Reuchlin se gaudissent ; ils vont partout, accréditant cette rumeur. Je ne l'eusse pas cru, mais l'on m'a fait lire une épistole d'un Prêcheur, l'un de nos Maîtres, dans quoi il enregistre avec une tristesse grande la fâcheuse nouveauté. Il ajoute que le Pape autorise l'impression dans la Curie romaine du *Speculum oculare*, qu'il permet aux marchands de le vendre et à tout homme de le lire. Notre Maître Hoogstraten voulut abandonner la Curie romaine, jurer la pauvreté, sur quoi les assesseurs le rebuffèrent, prétendant qu'il fallait expecter la fin, que, d'ailleurs, Hoogstraten ne pouvait jurer le serment de pauvreté, ayant fait son entrée à Rome dans un équipage de trois chevaux, tenu table ouverte en Cour de Rome, dépensé une large pécune, comblé de présents Cardinaux, Évêques, Auditeurs du Consistoire. Pour quoi, il était mal venu à jurer la pauvreté.

O Sainte Maria! qu'allons-nous faire à présent, si la Théologie est à ce point méprisée qu'un seul juriste l'emporte sur l'art des théologiens?

Pour moi, j'estime que le Pape est un foutu christian. S'il était, en effet, bon christian, impossible qu'il ne tînt pour les théologues ; donc, si le Pape donne une sentence contre eux, il me semble qu'on devra faire appel au Concile. Car le Concile est au-dessus du Pape et la Théologie, au-dessus des autres Facultés, prévaut dans le Concile. J'espère alors que le Seigneur nous impartira sa bénignité, prenant les théologiens, ses fidèles serviteurs, en considération, ne permettant pas que notre ennemi se conjouisse, et du Paraclet nous baillant la grâce, par quoi nous pouvons espérer mettre des bornes à la fallace même de ces hérétiques.

Un certain juriste a dit ici, naguère, que, suivant une prédiction, les Prêcheurs doivent disparaître, que de cet Ordre viennent les plus grands scandales contre la Foi de Christus et tels que, jusqu'ici, on n'en vit point de comparables. Même, il disait en quel ouvrage on peut lire cette prophétie. Mais le ciel nous gard' que cela soit vrai, car cet Ordre est efficace, grandement! S'il n'existait plus, j'ignore, alors, comment se comporterait la Théologie, parce que de tout temps les Prêcheurs sont plus profonds en Théologie que les Mineurs ou les Augustins, et qu'ils tiennent la voix du Docteur Saint, lequel n'erra jamais.

Eux-mêmes ont eu beaucoup de saints dans leur ordre ; ils sont audacieux dans leurs argumentations contre les hérétiques.

Je m'étonne que notre Maître Jacobus de Hoogstraten ne puisse jurer la pauvreté. Cependant, il fait partie de l'Ordre des Mendiants qui, manifestement, vivent dans l'indigence. N'était l'excommunication que je redoute, je dirais que le Pape fait erreur en ceci. Je ne crois pas qu'il soit vrai que notre Maître ait dépensé tant d'argent et donné des pots-de-vin, car c'est un homme hautement zélé. Je crois plutôt que les juristes et les autres inventent ces commérages. Le docteur Reuchlin sait de telles blandices que j'ai entendu dire que plusieurs cités et des princes nombreux et des Doms avaient écrit en sa faveur. Cela s'explique par le fait qu'ils ne sont pas versés dans la Théologie et qu'ils n'entendent rien à cette affaire, autrement, ils enverraient cet hérétique au diable, parce qu'il est opposé à la Foi, quand tout le monde affirmerait le contraire. Il vous faut aviser de ces choses nos Maîtres de Cologne, afin qu'ils se mettent en mesure de prendre un bon conseil. Portez-vous bien dans le Christus.

Donné à Tübingen.

ULRIC von HUTTEN. Chevalier.

XIII

MAITRE CONRADUS DE ZWICKAU DONNE LE BONJOUR A MAITRE ORTUINUS GRATIUS

Après m'avoir écrit que vous cessiez désormais de vaquer à ces fadaises et que vous ne vouliez plus aimer ou besogner les femelles, sinon une ou deux fois par mois, je suis estomiré que vous m'écriviez de telles sornettes.

Je sais pertinemment le contraire de ce que vous me dites. Nous avons ici un compagnon venu de Cologne depuis peu. Vous le connaissez bien ; il y fut tout le temps mêlé à votre vie. Il prétend que vous forniquez l'épouse de Johannes Pffefferkorn. Il m'affirma la chose, en fit serment, et je le crois volontiers. Vous êtes fort séduisant. Vous savez dire de jolis riens. Vous connaissez dans la perfection l'art d'aimer d'après les règles d'Ovidius.

En outre, un marchand m'a narré ce qu'on dit à Cologne. Il paraît que notre Maître Arnoldus de Tongres lui fait pareil service. Mais la chose n'est pas vraie, car il est encore puceau, je le sais pertinemment. Jamais il ne s'est copulé avec une femelle. L'eût-il fait, d'ailleurs, ou fût-il en possession de le faire, ce que je ne crois pas, il n'y aurait pas grand mal, puisqu'il est humain d'errer quelquefois.

Vous m'écrivez beaucoup de ce péché, qui n'est pas le péché le plus grand de ce monde. Vous alléguez de nombreux écrits. Je sais bien que cela n'est pas bon ; mais cependant on trouve jusque dans l'Écriture Sainte l'exemple de gens ayant ainsi prévariqué ; néanmoins furent-ils sauvés. Tel Samsom qui dormit avec une pute : cependant l'Esprit du Seigneur fit, par la suite, irruption en lui.

Et je pourrais contre vous rédarguer de la sorte :

Quiconque n'est point malévole reçoit l'Esprit Divin!

Mais Samsom n'est point malévole.

Donc Samsom reçoit l'Esprit Divin.

Je prouve la majeure par ce texte :

Dans une âme malévole n'entre point l'Esprit de Sapience.

Mais l'Esprit Saint n'est autre que l'Esprit de Sapience.

Donc la mineure est patente. Car, si ce péché de fornication était jusques à ce point condamnable, l'Esprit du Seigneur ne se fût pas irrué chez Samsom, comme il appert du *Livre des Juges*.

De même, on lit de Salomon qu'il eut trois cents reines, des concubines sans nombre et qu'il fut, jusqu'à sa mort, le plus rude paillard. Néanmoins, les

Docteurs sont tous d'accord pour conclure à sa louange et le tiennent pour sauvé.

Que vous semble-t-il à présent? Suis-je plus fort que Samsom? Plus sage que Salomon? Donc, il faut quelquefois se passer de l'agrément. Au surplus, les médecins tiennent la chose pour valable contre la bile noire. Et que dites-vous de ces pères sérieux?

Cependant, l'*Ecclésiaste* professe : *J'ai trouvé que rien n'est meilleur pour l'homme que se réjouir de son œuvre.* C'est pourquoi je dis avec Salomon, à ma particulière : *Tu vulnéras mon cœur, sœur mienne! épouse mienne! tu vulnéras mon cœur pour un cheveu de ton cou! Ah! combien sont tes mamelles duisantes, mienne sœur! épouse mienne! tes mamelles sont plus douces que le vin*, etc. Par les Dieux! il est grandement suave d'aimer le cotillon, d'après le carme du poète Samuel : *Apprends, bon clerc, à choyer les pucelles, pour ce qu'elles savent offrir de doux baisers, amignottant la jouvence fleurie.* Puisque l'amour est charité, que Dieu est charité, l'amour ne saurait être une mauvaise chose. Résolvez-moi cet argument!

Salomon dit encore : *Quand l'homme aura donné toute la substance de son domaine à cause de la dilection, il regardera comme rien cette richesse.*

Mais passons et venons à autre chose.

Vous me sollicitez de vous apprendre quelques nouvelles. Sachez donc que l'on s'est amusé ferme ici, pendant le carnaval. Nous avons eu une joute de lance. Le Prince lui-même a fait de la haute école sur la place publique. Il montait un andalou couvert d'un caparaçon de soie peinte où l'on voyait une femme en grand habit, et, séant auprès d'elle, un jeune homme aux cheveux crépelés qui jouait de l'orgue suivant le mot du Psalmiste : *Que les damoiseaux et les érigones, les cadets et les vieillards, exaltent le nom du Seigneur!* Et quand le Prince entra dans la ville, ce fut avec une procession grande que l'Université l'intronisa. Les bourgeois brassèrent une cervoise copieuse ; ils offrirent des nourritures de choix et régalèrent de leur mieux le Prince avec les courtisans. Le bal vint ensuite ; je me nichai dans une fenêtre d'où je ne perdis pas un coup d'œil. Je n'en sais pas davantage, sinon que je souhaite pour Votre Grâce tous les bonheurs ; portez-vous bien dans le Très-Haut.

De Leipzig.

XIV

MAITRE JOANNES KRABACIUS DONNE LE BONJOUR A MAITRE ORTUINUS GRATIUS

Excellente personne, selon que je fus, il y a deux ans, à Cologne, dans votre compagnie, et que vous m'intimâtes qu'il fallait que je vous écrivisse de quelque lieu que je me trouvasse, je vous notifie que j'ai appris la mort d'un théologien excellentissime, nuncupé notre Maître Heckman de Franconie. Ce fut un homme d'importance. De mon temps, recteur à Nuremberg, il fut l'ennemi de tous les poètes séculiers. C'était un homme zélé, qui célébrait la messe pour son plaisir. Quand il tint le rectorat de Vienne, il garda les Suppôts dans une grande rigueur. Une fois, vint un compagnon de Moravie qui doit être poète, car il écrivait des mètres, et qui voulut professer l'art de la Métrique, combien qu'il ne fût pas diplômé. Alors, notre Maître Heckman défendit son cours ; mais, lui, fut si outrecuidé qu'il ne voulut pas tenir compte de l'ordonnance. Le recteur, pour le coup, interdit aux Suppôts de fréquenter ses leçons. Ensuite de quoi ce ribaud vint trouver le recteur, lui tint des propos superbes et se mit à le tutoyer. Aussitôt le recteur envoya chercher les valets de ville et voulut incarcérer notre homme, à cause que c'était un énorme scandale qu'un simple compagnon eût le front de tutoyer un recteur d'Université qui est notre Maître. Avec cela, j'ai ouï dire que ce compagnon n'est Bachelier, ni Maître, ni en aucune façon qualifié ou gradué, qu'il pérégrine comme un guerrier qui s'en va-t-en guerre, qu'il porte un grand chapeau ; en outre, un long poignard à son côté. Mais, pardieu! on l'eût bel et bien incarcéré, n'étaient les répondants qu'il connaissait en ville.

Quant à moi, je m'afflige beaucoup s'il est vrai qu'un tel homme soit défunt. Il m'a fait beaucoup de bien lorsque j'étais à Vienne ; c'est pourquoi j'ai composé l'épitaphe que voici :

Qui gît dans ce tombeau fut ennemi des poètes

Et les voulut expeller, quand ils cuidèrent ici pindariser ;

Témoin ce compagnon, naguère, qui ne fut pas titré,

Venant de Moravie et montrant à composer des vers :

Il le voulut mettre en prison pour l'avoir tutoyé!!!

Mais à cause qu'il est mort, enseveli à Vienne,

Dites deux ou trois fois pour lui une belle patenôtre.

Fut un messager qui nous apporta des nouvelles, méchantes si elles sont véridiques, à savoir que votre cause est en mauvaise posture devant la Curie romaine ; je ne le crois cependant pas, car ces messagers colportent force hapelourdes. Les poètes murmurent ici contre vous. Ils clabaudent qu'ils veulent défendre le docteur Reuchlin avec des carmes. Mais, comme vous aussi êtes poète lorsque bon vous semble, je crois que vous ferez bonne contenance devant ces paltoquets. Vous devez néanmoins m'écrire comment l'affaire se comporte. Si je peux alors vous assister, vous aurez en moi un fidèle compagnon et coadjuteur. Portez-vous bien.

De Nuremberg.

XV

GUILHELMUS SCHERFCHLEIFERIUS DONNE LE BONJOUR A ORTUINUS GRATIUS

Je m'étonne furieusement, homme vénérable, que vous ne m'écriviez pas lorsque cependant vous écrivez à d'autres, lesquels ne vous écrivent pas aussi souvent que moi je vous écris. Mais que si vous êtes mon ennemi au point de ne me vouloir plus écrire, cependant, écrivez-moi pourquoi il vous déplaît m'écrire désormais, afin que j'apprenne la raison pourquoi vous ne m'écrivez plus lorsque je vous écris toujours, comme je vous écris à présent, encore que je sache que vous ne m'écrirez pas.

Mais, ce nonobstant, je vous supplie en mon cœur de me vouloir bien écrire et, quand une fois vous m'aurez écrit, alors je veux vous écrire dix fois, parce que volontiers j'écris à mes amis et je veux m'exercer dans l'écriture afin de pouvoir élégamment écrire des *dictamen* et des épistoles.

Je ne peux excogiter ce qui est en cause et pour quel motif vous ne m'écrivez pas. Je me suis lamenté naguère. Des gens de Cologne étaient ici. Je leur ai demandé : « Que fait cependant Maître Ortuinus qu'il ne m'écrive point? Croyez-vous qu'il ne m'a nullement écrit depuis deux ans! Cependant, dites-lui qu'il m'écrive, parce que je voudrais lire ses épîtres plus volontiers que je ne mangerais du miel. Il fut jadis mon principal ami. »

Je leur ai demandé aussi comment les choses vont pour vous dans votre débat avec le docteur Reuchlin. Ils m'ont fait réponse que le damné juriste vous a circonvenu, grâce aux manèges de son art. J'ai alors invoqué le Seigneur Dieu pour qu'il vous daigne sa grâce impartir et qu'il vous rende vainqueur. Si vous me daignez écrire, c'est de cela qu'il faut m'écrire, sur quoi je voudrais ardemment être informé.

Ces juristes vont ici disant : « Le docteur Reuchlin tient une bonne affaire. Les Théologiens de Cologne lui ont fait injure. »

Et, par les Dieux! je crains que l'Église n'en vienne au scandale, si ce livre, le *Speculum oculare*, n'est pas mis au bûcher, à cause qu'il renferme nombre de propositions irrévérencieuses et contre la Foi catholique. Si ce juriste n'est pas contraint à la rétractation, les autres, à son exemple, tenteront d'écrire sur la Théologie, encore qu'ils n'en sachent rien, encore qu'ils n'aient étudié sous la conduite de Thomas, ni d'Albertus, ni de Scott et qu'ils ne soient aucunement illuminés dans la Foi par l'influx du Paraclet. Parce que chacun se doit enclore dans sa faculté ; parce qu'on ne doit pas jeter la faucille dans les chaumes d'autrui ; parce qu'un gniaf est gniaf, un ravaudeur, ravaudeur, un forgeron, forgeron, les choses iraient mal si le tailleur prétendait faire des galoches ou des brodequins.

Vous devez soutenir avec audace la Théologie sacrée. Je prierai Dieu pour vous. Qu'il vous daigne attribuer sa grâce, illuminant votre intellect ainsi qu'il en usait envers les Pères d'autrefois. Que le Diable, avec ses serviteurs, ne prévale point contre la justice!

Écrivez-moi cependant, pour l'amour de Dieu, comment vous vous portez. Vous me causez d'étranges soucis dont vous n'avez nul besoin. Mais, pour l'heure, je vous recommande au Seigneur Dieu. Mille prospérités dans Christus.

Donné à Francfort.

XVI

MATHEUS MELLIAMBIUS DONNE LE BONJOUR A MAITRE ORTUINUS GRATIUS

Puisque, en vérité, je fus toujours l'ami de Votre Domination et que j'ai procuré votre bien, je veux à présent vous égayer dans vos adversités. Je veux aussi être gai dans votre bonne fortune et triste dans vos déplaisirs. Vous êtes mon ami. Or, nous devons nous conjouir avec nos amis lorsque ils sont en joie et nous condouloir quand ils sont en douleur. Ainsi le dit Tullius, encore que gentil et poète.

Je vous informe donc que vous avez ici un ennemi très malicieux qui débite force vitupères contre Votre Domination. Il présuppose beaucoup et s'extolle dans sa superbe. Il vous traite de bâtard. Il dit que votre mère fut une garce et votre père un curé. Alors j'ai combattu pour vous. J'ai dit : « Seigneur Bachelier ou de quelque manière que l'on vous qualifie, vous êtes encore jeune. Vous avez tort de décrier les Maîtres. En effet, il est écrit dans l'Évangile : *Que le disciple ne se guinde pas au-dessus du Maître.* Or, vous êtes disciple encore. Dom Ortuinus est Maître depuis neuf ou dix ans. Vous n'êtes pas apte à noircir un Maître ni un homme constitué dans une si éminente dignité. Prenez garde que vous ne trouviez à votre tour qui déblatère sur votre compte pour tant superbe que vous soyez. Gardez un peu de vérécundie et ne faites plus ces choses. »

A quoi le garçon me répondit : « Ce que j'affirme est vérité ; je prouverai mes dires et je ne veux point faire cas de vos remontrances. Ortuinus est un bâtard. Un compatriote à lui m'a donné la chose pour certaine, qui connut ses parents. Je veux mander cela au docteur Reuchlin ; il ne le sait encore. Mais vous, pourquoi cherchez-vous à me blâmer? Vous ne savez rien de moi. »

Je repris alors : « Messieurs mes compagnons, voici un jeune homme qui se vante d'être saint, qui dit qu'on ne le peut vitupérer, qu'il n'a rien fait de blâmable, tel ce Pharisien qui se vantait de jeûner deux fois pour le Sabbat. »

Alors il se rebiffa tout en colère et poursuivit : « Je ne me targue pas d'être sans péché, ce qui serait démentir le *Psalmiste* qui dit : *Tout homme est menteur*, ce qui, élucidé par la glose, signifie que tout homme est pécheur. Mais j'affirme que vous ne pouvez ni ne devez récriminer sur moi quant à ma génération de père ou de mère. Quant à Ortuinus, il est bâtard. Il n'est point légitime. Donc il est vitupérable et je l'entends vitupérer *in æternum.* »

J'ai répondu : « Vous ne le ferez pas. Dom Ortuinus est un homme essentiel qui saura se défendre. »

Il ne cessa d'ajouter des abominations touchant Mme votre mère ; que des prêtres, des moines, et des cavaliers, et des pétrousquins l'ont investie aux champs, dans l'étable et autres lieux.

J'ai eu de tout cela tant de honte que vous ne le sauriez imaginer. Mais je ne peux vous défendre, n'ayant connu votre père ni votre mère, encore que je croie fermement à leur honneur et prudhomie. Écrivez-moi ce qu'il en est, afin que je puisse, dans Mayence, votre louange séminer.

J'ai encore dit à l'insulteur : « Vous ne devriez pas divulguer de telles choses. Admettons le cas. Maître Ortuinus est bâtard. Mais, peut-être, légitimé, ce qui, dorénavant, efface la bâtardise. Or, le Souverain Pontife a pouvoir de lier et de délier, de rendre un bâtard légitime et réciproquement. Mais moi j'entends vous démontrer, l'Évangile en mains, que vous êtes digne de blâme. Il est écrit : *De la même mesure que vous employâtes à mesurer autrui, vous serez mesuré vous-même.* Or, vous mesurâtes d'une mesure de vitupération ; il me faut donc vous mesurer de même. Je le prouve encore par un autre passage, quand notre Maître Jesus-Christus dit : *Ne jugez point si vous ne voulez être jugés.* Or, vous, mon garçon, vous jugez les autres, vous les insultez ; il convient donc qu'ils vous insultent et vous jugent aussi. »

Mais lui répliqua : « Vos arguments ne sont que balivernes et demeurent sans effet. » Il en vint à ce point de rodomontade qu'il ajouta : « Si le Pape lui-même avait engendré un fils en dehors du mariage et que, par la suite, il eût ce fils légitimé, l'enfant ne serait pas légitime pour cela devant Dieu. Je ne cesserais pas, quant à moi, de le tenir pour bâtard. »

J'estime que le Diable est au corps de ces ribauds, pour qu'ils aient le front de vous molester ainsi. Par conséquent, veuillez m'écrire afin qu'il me soit permis de défendre votre honneur.

Quel scandale si le docteur Reuchlin apprenait cela de vous que vous êtes un bâtard! Dites-moi ce que vous êtes. Lui, cependant, ne pourra prouver quoi que ce soit de façon péremptoire. D'autre part, si vous le trouvez bon, nous le ferons citer devant la Curie romaine où nous l'obligerons à se rétracter. Comme les juristes savent embrouiller les choses en prenant des conclusions, nous pouvons le déclarer irrégulier, lui donner des épines, un procureur aidant, et, s'il encourt l'irrégularité, palper ses bénéfices. Il est pourvu d'un canonicat, ici-même, à Mayence ; autre part, il détient une paroisse.

Ne me tenez pas rigueur si je vous mande les propos que j'ai entendus ; mes intentions, vous n'en doutez pas, sont les meilleures. Et portez-vous bien dans le Seigneur Dieu, qui garde tous vos chemins.

Donné à Mayence.

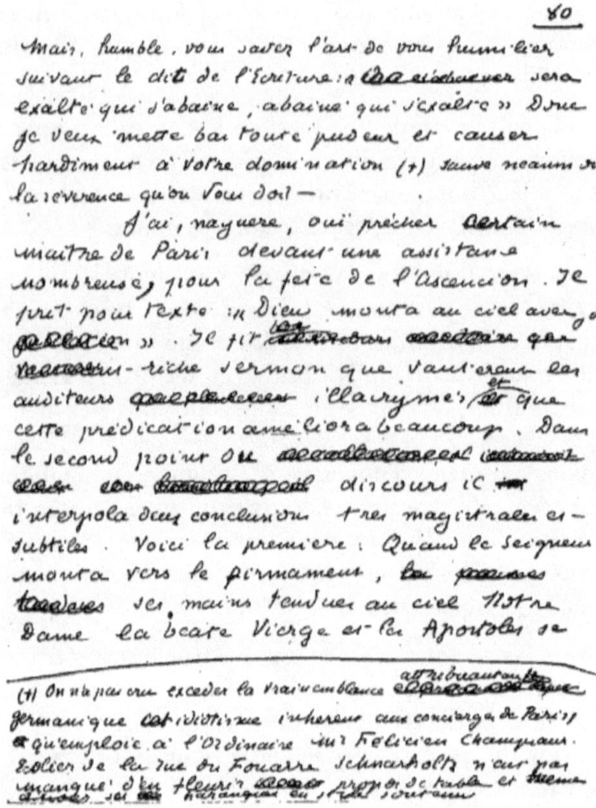

80

Mais, humble, vous savez l'art de vous humilier suivant le dit de l'Écriture : « [illegible] sera exalté qui s'abaisse, abaissé qui s'exalte » Donc je veux mettre bas toute pudeur et causer hardiment à votre domination (+) sauve néanmoins la révérence qu'on vous doit —

J'ai, naguère, ouï prêcher certain maître de Paris devant une assistance nombreuse, pour la fête de l'Ascension. Je prit pour texte : « Dieu monta au ciel avec [illegible] » . Je fit les [illegible] riche sermon que [illegible] les auditeurs [illegible] larmes, et que cette prédication améliora beaucoup. Dans le second point du [illegible] discours il interpola deux conclusions très magistrales et subtiles. Voici la première : Quand le Seigneur monta vers le firmament, [illegible] ses mains tendues au ciel Notre Dame la beate Vierge et les Apostoles se

(+) On n'a pas cru excéder la vraisemblance attribuant [illegible] germanique idiotisme inhérent aux concierges de Paris, qu'emploie à l'ordinaire sur Félicien Champsaur. Écolier de la rue du Fouarre Schnackoltz n'eût pas manqué d'en fleurir [illegible] propos de table et [illegible] harangues en style soutenu

FAC-SIMILE DU MANUSCRIT DE LAURENT TAILHADE

XVII

MAITRE JOANNES HIPP DONNE LE BONJOUR A MAITRE ORTUINUS GRATIUS

Réjouissez-vous dans le Seigneur. Exultez, ô Juste! Soyez glorifiés, vous tous, hommes au cœur droit.

Psalmiste, XXXI.

Mais ne prenez pas d'inquiétude en vous disant : « Que nous veut cet autre avec son texte? » Vous devez lire joyeusement cette nouvelle qui désopilera Votre Domination d'une gaieté peu commune. Je vous l'écrirai en peu de mots.

Il y avait ici un poète nommé Joannes Esticampianus. Il était assez renchéri et ne faisait pas grand état des Maîtres ès Arts. Il en fit, *ex cathedra*, les plus belles gorges chaudes, affirmant qu'ils ne savent rien, qu'un poète vaut mieux que dix Maîtres, que les poètes, dans les processions, devraient prendre le pas sur les Maîtres et les Licenciés. Lui-même lisait Plinius et les autres poètes. Il répétait aussi que les Maîtres ès Arts n'étaient pas Maîtres dans les sept Arts libéraux, mais bien dans les sept Péchés capitaux ; qu'ils n'avaient pas de fond, n'ayant aucunement étudié les poètes. Ils ne connaissent que Petrus Hispanus et sa *Parva logica*. Il avait de nombreux auditeurs et beaucoup de pensionnaires. Il apprit à ces jeunes gens que thomistes et scottistes ne valent pas un fétu. Il se répandit en blasphèmes contre le Docteur Saint.

Les Maîtres, cependant, expectaient une occasion qui leur permît de se venger avec le secours de Dieu. Et Dieu voulut, une fois, que ce poète fît une oraison qui scandalisa son auditoire, Maîtres, Docteurs, Licenciés et Bacheliers, car il loua sa Faculté en rabaissant la Théologie sacrée. Et ce fut une grande honte parmi les gros bonnets de la Faculté. Les Maîtres, les Docteurs se réunirent en conseil. Ils dirent : « Que faisons-nous? Cet homme fait ici de nombreuses merveilles. Si nous le renvoyons sans phrases, le monde croira qu'il est plus docte que nous, à moins que n'arrivent des modernes. Ils se prétendront alors dans une meilleure voie que les anciens. Notre Université sera vilipendée et le scandale éclatera. » Maître Andreas Delitsch prit la parole. C'est d'ailleurs un excellent poète. Il déclara qu'à son avis Esticampianus occupe dans l'Université l'emploi d'une cinquième roue dans un char ; qu'il importune les autres Facultés, à cause qu'il empêche les Suppôts d'être qualifiés en elles congrument. Les autres Maîtres de jurer qu'il en est ainsi et, pour la somme des sommes, ils conclurent à la relégation ou même au bannissement du poète, quand bien même ils devraient s'en faire un éternel ennemi. Ils le citèrent devant le recteur, l'avisèrent de la citation entre les portes de l'église. Il comparut, ayant un juriste avec soi. Il eut la prétention de défendre sa cause, accompagné de nombreux compagnons qui prirent son parti. Les Maîtres leur enjoignirent de lever la séance sous peine de parjure, puisque, en demeurant, ils témoignaient contre l'Université. Les Maîtres furent vigoureux dans le combat ; ils persévérèrent dans leur constance ; ils firent le serment, au nom de la justice, qu'ils n'épargneraient qui que ce fût. Quelques juristes et curiales intercédèrent pour Esticampianus. Et les Maîtres déclarèrent impossible tout accommodement parce qu'ils ont leurs statuts et que les statuts prescrivaient la relégation. Chose admirable! le Prince même sollicita pour le poète, ce qui ne servit à rien. Les Maîtres, en effet, répondirent au Duc : « Il importe de garder les statuts universitaires à cause que les statuts, dans l'Université, ont la même utilité que la reliure dans un livre ; que si la reliure vient à manquer, les feuilles tombent çà et là, et que si les statuts sont méprisés, l'ordre n'existe plus dans l'Université. La discorde s'établit chez les Suppôts. Le chaos et la confusion ne tardent guère. Donc, il devait rechercher le bien de l'Université, à l'exemple de feu son père. »

Le Prince voulut bien se laisser convaincre. Il déclara ne pouvoir agir contre l'Université et qu'il est plus expédient de bannir un seul homme que d'infliger un esclandre à l'Université tout entière. Les Seigneurs Maîtres furent prodigieusement satisfaits et dirent : « Seigneur Prince, béni soit Dieu pour cette bonne justice! » Et le Recteur afficha un mandement aux portes de l'église comme quoi Esticampianus était relégué pour dix ans. Ses auditeurs ne manquèrent pas de clabauder. Ce furent des conciliabules sans fin. Ils prétendaient que les Seigneurs du Conseil avaient fait injure à Esticampianus. Mais les Maîtres ripostèrent qu'ils ne donneraient pas une obole de sa peau. Quelques-uns des pensionnaires firent courir le bruit qu'Esticampianus voulait tirer vengeance de l'affront reçu et qu'il citait l'Université devant la Cour de Rome. Alors, Maîtres de rire en disant : « Que prétend faire ce ribaud? »

Vous saurez qu'à présent la plus grande concorde règne dans l'Université. Maître Delitsch professe les humanités et aussi Maître de Rotenburg, auteur d'un livre trois fois aussi gros que Virgilius dans ses œuvres complètes. Il a mis dans ce livre quantité de bonnes choses, même pour la défense de la Sainte Mère Église et pour la louange des Saints. Il y recommande principalement notre Université et la Théologie sacrée et la Faculté des Arts, improuvant ces poètes gentils et séculiers. Nos Seigneurs Maîtres disent que les vers du rotenburgeois valent bien ceux de Virgilius, qu'ils n'ont aucun défaut, parce que leur auteur sait en perfection l'art des rythmes et des rimes, ayant été, avant même ses vingt ans, un impeccable métricien.

C'est pourquoi Nos Seigneurs du Conseil ont permis qu'il expliquât lui-même, en public, son ouvrage, préférablement à Térentius, à cause qu'il est plus utile que Térentius, qu'il porte avec soi un christianisme louable et qu'il ne traite pas, comme Térentius, des putains et des morions.

Vous devriez propager cette histoire dans votre Université. Peut-être, alors, ferait-on à Busch, dans Cologne, ce qu'on vient de faire ici à Esticampianus.

Quand me ferez-vous tenir votre pamphlet contre Reuchlin? Vous promettez beaucoup : rien ne paraît ensuite.

Dieu vous épargne si vous ne m'aimez pas autant que je vous aime, car vous êtes en moi pareil à mon cœur!

Encore une fois, daignez me l'adresser au plus vite, puisque j'ai désiré, dans mon désir, manger avec vous cette pâque, en d'autres termes, lire ce bouquin.

Écrivez-moi des nouvelles. Composez sur moi une amplification ou quelques mètres si vous m'en jugez digne. Et portez-vous bien dans Christus notre Seigneur Dieu, pendant les siècles des siècles. *Amen.*

XVIII

MAITRE PIERRE NEGELINUS DONNE LE BONJOUR A MAITRE ORTUINUS

Encore que je tremble d'une pareille audace, je mets sous vos yeux un *dictamen* de ma composition, à cause que vous êtes profondément artiste dans l'ordonnance des mètres et des *dictamen* ; mais je suis devant vous pareil à un moutard, et, comme dit Hieremias : *Ah! ah! ah! Maître, je ne sais parler, car je suis comme un petit enfant!* Je n'ai pas encore de bases solides et ne suis entraîné qu'imparfaitement dans la prosodie et la rhétorique. Cependant, vous m'avez affirmé jadis qu'il convient de toute façon que j'élabore un poème et que je vous le communique. Vous plaît-il amender celui-ci et m'en représenter les défauts? Ainsi j'excogitai naguère : Voici un homme qui est ton précepteur. Il te veut du bien et tu devrais obéir à ses commandements. Il te saurait aussi promouvoir en ces choses — bien plus, en toute chose. Tu pourras grandir comme un homme docte, s'il plaît au Seigneur Dieu, tandis qu'il t'arrivera du bien dans tes affaires. Car on lit, au premier Livre des Rois : *Mieux vaut l'obéissance qu'une victime.* C'est pourquoi je vous mande, ci-inclus, un poème élaboré par moi sur la louange de Saint Petrus. Un *capellmeister*, bon musicien dans le chant choral et figuré, a fait composer là-dessus un motet à quatre voix. J'ai mis la plus stricte diligence à rimer ce poème ainsi qu'il est rimé ; les vers en sonnent mieux, car j'ai pris pour type les *Compilations* d'Alexander. Mais j'ignore si j'ai fait des fautes. Vous seriez on ne peut plus obligeant de le scander comme il faut d'après les lois de la métrique :

Le carme nouveau de Maître Petrus Negelinus, sur la louange de Saint Petrus commence :

Parce que le Seigneur vous doint, avec ces clefs,

Le pouvoir le plus grand qu'accompagne une grâce particulière

Sur tous les Saints parce que vous êtes privément choisi,

Ce que vous déliez, reste délié sur Terre et dans le Cieux.

Et tout ce que vous liez, ici-bas, reste lié au plus haut des Cieux.

C'est pourquoi nous t'implorons et dévotement te supplions,

Afin que tu dises une prière pour nos péchés et pour la gloire de l'Université.

On dit que le docteur Reuchlin, qui se fait appeler en hébreu Joannes *Capnion*[5], obtint à Spire un mandement favorable à ses écrits. Cependant nos Maîtres des Prêcheurs affirment que cela n'a rien qui les chagrine, à cause que cet Évêque ne possède aucune lueur de la Théologie sacrée. Notre Maître

Hoogstraten réside près de la Cour de Rome. Il est bien vu du Chef apostolique. Il a de grandes ressources en pécune et autrement. Je donnerais bien quatre *groschen* pour connaître la vérité. Daignez m'écrire. Saint Dieu! comment se fait-il que vous ne m'écriviez pas, une seule fois, une petite lettre? cependant je ne me tiens pas d'aise lorsque vous m'écrivez. Portez-vous bien. Qu'il vous plaise saluer de ma part notre Maître Valentinus de Geltersheym, notre Maître Arnoldus de Tongres, au collège Laurentius, et notre Maître Remigius, et notre Maître Rutgerus Licencié, au collège de Mons, — sous peu de temps, *Magister Nostrandus*, — Dom Johannes Pffefferkorn, homme plein de zèle, et tous autres bien qualifiés, soit en Art soit en Théologie. Encore une fois, portez-vous bien au nom du Seigneur.

[5] Du grec : Καπνος. Plus tard, Jacques Stuart devait appeler *Misocapnie* son ravaudage contre les fumeurs.

Donné à Trèves.

XIX

STEPHANUS CALVASTER, BACHELIER, A MAITRE ORTUINUS GRATIUS

Salut avec humilité pour Votre Grandeur, vénérable Dom Maître. Vint ici un compagnon apportant certains vers qu'il disait de votre façon et propagés par vous dans Cologne. Alors, un poète qui jouit ici d'un grand renom, mais n'est pas fort chrétien, en prit connaissance, puis déclara qu'ils ne sont pas bons et qu'ils fourmillent de balourdises. Je lui répondis : « Si maître Ortuinus les a composés, ils sont exempts de défauts. Cela est bien certain. » J'ai voulu mettre en gage ma tunique pour démontrer que ces rythmes, s'ils avaient la moindre tache, ne pouvaient être sortis de vous, mais que, si vous en êtes l'auteur, c'est qu'ils n'ont pas la moindre tache. Au surplus, les voici. A vous de trancher la question, sur quoi veuillez m'écrire un peu. Ce poème fut instrumenté pour les obsèques de notre Maître Sotphi, au collège de Kneck, qui jadis élucubra une glose notable et maintenant, ô douleur! est trépassé. Qu'il repose en paix!

Et c'est à présent que débute le poème :

Ici mourut un Suppôt très solennel,

Né, par le Saint-Esprit, à l'Université

Dont il fut recteur, au collège de Kneck,

Do macht er die copulat von kot zu dreck!

O s'il avait pu vivre plus longtemps

Et derechef écrire des gloses notables,

Comme il eût adjuvé cette Université!

Comme il eût appris aux scholars une bonne latinité!

Mais, à présent qu'il est défunt

Et qu'il n'a pas assez exprimé le suc d'Alexander,

L'Université pleure son membre,

Comme une lanterne ou un candélabre

Qui, au large et au loin, resplendit

Par la doctrine qui fluait de sa personne!

Nul n'écrivit si bien les Constructions.

Et il confondait ces poètes dérisoires

Qui n'enseignent pas bien la Grammaire
Par la Logique, science des sciences,
Et qui ne sont pas illuminés dans la Foi.
C'est pourquoi ils sont aliénés de la Sainte Église.
Et s'ils ne veulent pas opiner droit,
Il faut qu'ils soient brûlés par Hoogstraten,
Qui déjà cita Joannes Reuchlin à comparaître
Et l'a traité admirablement devant le tribunal.
Mais toi, écoute, Dieu omnipotent,
Ce dont je t'obsècre, à genoux et tout en pleurs!
Donne à l'universitaire mort ta faveur sempiternelle
Et dépêche les poètes en Enfer.

Ceci me paraît un très beau poème, mais je ne sais comment il faut scander, parce que c'est un genre à part et que je scande exclusivement les hexamètres. Vous ne devez pas tolérer que quelqu'un se permette de reprendre vos rythmes. Par ainsi, écrivez-moi. Je prétends vous défendre jusqu'au duel exclusivement et portez-vous bien.

De Munster en Westphalie.

XX

JOANNES LUCIBULARIUS A MAITRE ORTUINUS GRATIUS

Salutations que nul ne peut compter! Vénérable Dom Maître, vous m'avez promis autrefois de me prêter assistance autant que besoin serait et de me promouvoir avant tous les autres. Vous avez ajouté qu'il me fallait hardiment avoir recours à vous et qu'alors vous me suppéditeriez comme un frère, car vous n'entendiez pas m'abandonner dans mes angoisses. Je vous implore donc, et pour l'amour de Dieu, parce que la chose est grandement nécessaire. Daignez subvenir à mes besoins, puisque cela est en vos pouvoirs. Le Recteur ici a congédié un collaborateur ; il en veut prendre un autre. Qu'il vous plaise donc écrire pour moi une lettre de recommandation afin qu'il acquiesce et vienne à m'accepter. Je n'ai plus le sou, car j'ai tout dépendu pour acheter des livres et des bottes. Vous connaissez bien ma suffisance, par la gloire de Dieu! puisque j'étais en seconde quand vous professiez à Deventer. Ensuite je suis resté un an à Cologne pour me préparer au degré de Bachelier, où j'eusse été promu vers la Saint-Michaël, si j'avais eu de l'argent. Je sais résumer pour les élèves l'*Exercice des enfants* ou l'*Œuvre mineure* en la seconde partie. Je sais encore : l'art de scander, tel que vous me l'enseignâtes, Petrus Hispanus dans tous ses traités, enfin, quelque peu de philosophie naturelle. De plus, je suis chantre. Je sais la musique chorale et figurée. Avec cela j'ai une voix de basse ; je peux chanter une note au-dessous de la gamme. Je ne vous écris pas ces choses par jactance. Excusez-moi donc. Je vous recommande à l'Omnipotent. Portez-vous bien.

De Zwoll.

XXI

MAITRE CONRADUS DE ZWICKAU DONNE LE BONJOUR A MAITRE ORTUINUS

Comme vous m'avez écrit dernièrement au sujet de votre petite femme, que vous la chérissez d'un intime cœur et qu'elle vous reluque pareillement, qu'elle vous offre des bouquets, des mouchoirs, des ceintures et autres menus suffrages, qu'elle ne vous demande aucune paraguante à la manière des putains, que vous la besognez quand le mari est en course, de quoi il est fort aise ; comme vous m'avez dit que, naguère, en une seule visite, vous l'avez copulée trois fois et l'une d'elles en vous tenant debout derrière la porte d'entrée, après avoir chanté : *Ouvrez, princes, ouvrez vos portes!* que son cocu survenant vous avez par le jardin pris la poudre d'escampette, je veux à mon tour vous narrer comment je me conduis avec mon tendron.

C'est une femme excellente et riche. Fort à propos je suis entré dans ses bonnes grâces parce qu'un certain jouvenceau, propriétaire bien noté du Pape, m'a fait avancer. Conséquemment, je me suis mis à l'aimer sans réserve, au point de ne savoir que faire, le jour, et de ne pas dormir, la nuit. L'autre minuit, dans mon premier somme, je hurlais sous les courtines : « Dorothea! Dorothea! Dorothea! » d'une telle véhémence, que mes compagnons, internes au collège, entendirent mes hennissements, prirent peur, se levèrent et : « Dom Maître, dirent-ils, que voulez-vous? Pourquoi ces cris? Si vous désirez vous confesser, nous allons sur-le-champ vous quérir un prêtre. » Ils me croyaient à l'article de la mort et pensaient que j'invoquais Sainte Dorothea, pêle-mêle avec d'autres Bienheureux. Cela me fit rougir en cramoisi. Mais, quand j'arrivai chez ma petite femme, je fus tellement perturbé que je n'osai lever les yeux sur elle ; de nouveau je piquai mon soleil. Mais elle me dit : « Ah! Dom Maître, pourquoi êtes-vous, aujourd'hui, vérécundieux? » Et elle m'en demanda plusieurs fois la cause, voulant savoir par elle-même, décidée à ne me congédier qu'après que je m'en serais ouvert. Elle ajouta qu'elle ne se mettrait point en colère alors même que je lui dirais la plus grosse cochonnerie. Alors me vint l'audace et je lui révélai mes secrets. Cela, parce que vous m'avez dit, autrefois, quand vous lisiez Ovidius, *De l'Art d'aimer*, que les amants doivent être fort intrépides, tels des guerriers, ou bien qu'il n'y a rien de fait. Et je lui dis : « Maîtresse révérende, épargnez-moi, pour Dieu et pour tout votre honneur. J'arde comme un cerf quand je vous vois. Je vous ai choisie parmi les filles des hommes parce que vous êtes belle entre les femmes et que nulle tache n'est en vous, parce que, très spécieuse et charmante, à ce point qu'on n'en voit dans le monde aucune autre pareille. » Elle sourit alors et me répondit : « Par les Dieux! vous savez discourir galamment si je voulais vous croire. »

Depuis, j'allai souvent la voir chez elle et nous bûmes chopine de grand cœur. Quand elle vient à l'église, je me campe de telle sorte que je la puisse voir ; elle me regarde comme si elle me voulait transverbérer de ses œillades.

Dernièrement, je la suppliai avec force de m'accorder l'amoureux déduit. Elle de s'écrier que je ne l'aimais point. Je lui jurai que je l'aimais autant que ma propre mère et que j'étais prêt à tout pour son service, quand il m'en coûterait la vie.

Alors, elle me répondit, cette exquise petite femme : « Je verrai bien s'il en est ainsi. » Elle traça une croix sur sa porte avec du blanc d'Espagne : « Si vous me chérissez, dit-elle, vous viendrez le soir, quand la nuit est close, baiser pour l'amour de moi cette croix que voici. »

Je m'en acquittai pendant plusieurs jours. Alors, vint un drôle qui embrena cette croix, si bien qu'à la baiser dans l'obscurité, je me barbouillai de merde la face, les dents et le nez. J'entrai dans une furieuse colère contre la donzelle. Mais elle fit serment, par le Saint des Saints, qu'elle n'était pour rien dans la chose, ce dont je ne doute point, car elle est, maugrebleu! fort honnête par ailleurs. Je soupçonne un compagnon d'être l'auteur de cette porcherie, et, si je peux l'en convaincre, ne doutez pas que je lui donne toute la rétribution à quoi il peut prétendre.

Quant à la garce, elle a des gestes plus aimables que par le passé ; j'espère avant peu monter sur elle. Dernièrement, quelqu'un lui confia que je suis poète, si bien qu'elle me provoqua : « J'ai ouï dire que vous êtes bon poète ; vous devriez, pour être gentil, composer, une fois, des vers en mon honneur. » Je fis la pièce demandée et, le soir, je la chantai sur la place pour la lui faire entendre. Ensuite je la traduisis en allemand. La voici :

O féconde Vénus, de l'amour inventrice et dominatrice,
Pourquoi ton fils m'est-il ennemi?
O belle Dorothea que j'adoptai pour bien-aimée,
Fais-moi la chose même que je veux faire à toi!
Charmante par-dessus toutes les pucelles de la ville,
Tu splendis comme une étoile et souris comme une fleur.

Elle me dit qu'elle prétendait garder cela toute sa vie en dilection de moi. Vous plaise me donner conseil touchant la manière dont je me dois comporter et sur ce qu'il me faut faire pour en être aimé. Excusez-moi si je suis à tel point débraillé dans une épistole à Votre Seigneurie, à cause que j'ai accoutumé d'en user familièrement avec mes amis. Portez-vous bien au nom du Benedict.

De Leipzig.

XXII

GERHARDUS SCHIRRUGLIUS A MAITRE ORTUINUS GRATIUS

Je vous dis un salut panaché pour la gloire de Notre-Seigneur qui ressuscita d'entre les morts et qui domine à présent au plus haut des cieux. Honorable personne, je vous notifie que je ne réside pas ici très volontiers, que j'ai gros cœur de ne résider point à Cologne près de vous, où j'eusse profité davantage ; car vous eussiez pu me rendre bon logicien et même un peu poète. A Cologne, les hommes sont dévots. Ils hantent complaisamment les églises, vont le dimanche au sermon. Ils n'ont pas autant de superbe comme on en voit ici.

Les Suppôts ne font pas la révérence aux Maîtres. Les Maîtres se contrefichent des Suppôts, les laissent vaguer où bon leur semble. Ils ne portent pas de capuces. Quand ils déambulent par les tavernes, ils jurent vainement le nom de Dieu. Ils blasphèment et multiplient les scandales. Ainsi, dernièrement, l'un d'entre eux s'écria qu'il ne pouvait croire que la robe du Seigneur, à Trèves, fût vraiment la robe du Seigneur, que c'est une antique et pouilleuse friperie. Il ne croit pas davantage que l'on possède encore les cheveux de la béate Vierge. Un autre avança que les trois Rois de Cologne furent apparemment trois gourgauds de Westphalie, que le glaive et le bouclier de Saint Michaël n'ont jamais appartenu à Saint Michaël. Bien plus, il ajouta qu'il dépose sa merde contre les indulgences des Frères Prêcheurs, lesquels sont de piètres saltimbanques dont les boniments trigaudent fumelles et pétrousquins. Je me suis écrié : « Au feu, au feu, l'hérétique! » et lui de se rigoler. Mais moi : « Tu devrais, ribaud, garder ces choses pour notre maître Hoogstraten de Cologne, qui est Inquisiteur de la dépravation hérétique. » Il répondit : « Hoogstraten est une maudite et venimeuse bête ; Joannes Reuchlin, un homme probe, vos théologiens, des démons. Ils ont mal jugé quand ils condamnèrent aux flammes son livre intitulé *Speculum oculare.* » A quoi je répliquai : « Ne dis pas cela, viédaze! Il est écrit dans l'Ecclésiaste, VIII : *Ne juge point contre le juge, parce qu'il juge d'après l'équité.* Considère que l'Université de Paris, où sont des théologiens profondissimes et pleins de zèle qui ne peuvent errer, a statué comme les Pères de Cologne : pourquoi t'insurger contre l'Église tout entière? » A quoi il répondit que les Parisiens sont des juges très iniques, soudoyés par les Frères Prêcheurs dont ils reçurent de l'argent que leur apporta (le gredin ment à souhait!) Dom Théodoricus de Gand, homme zélé, très savant théologien et légat de l'Université de Cologne. En outre, il ajouta que cette Église n'est point l'Église de Dieu, mais celle que désigne le *Psalmiste* : *Je hais l'Église de malignité ; je ne m'assoierai pas avec les impies.* Il inculpa nos Maîtres de Paris dans tous leurs actes, affirmant que l'Université de Paris est la mère de toute sottise qui, prenant de là son origine, s'est répandue ensuite par l'Allemagne et l'Italie ;

que cette école de toute part sème la vanité de la superstition ; que la plupart du temps ceux qui étudient à Paris ont de mauvaises têtes et sont à demi fous.

Il affirma que le *Talmud* n'est pas condamné par l'Église.

Alors, notre Maître Petrus Meyer, curé de Francfort, qui se trouvait là : « Je prétends vous faire connaître que ce compagnon n'est pas bon chrétien, qu'il ne pense pas correctement avec l'Église. Sainte Maria! vous autres, compagnons, vous osez discourir sur la Théologie encore que vous n'entendiez goutte à ce bel art. Reuchlin même ignore où se trouve le texte disant que le *Talmud* est prohibé. »

Le compagnon alors s'enquit du texte et de l'ouvrage. A quoi notre Maître Petrus répondit que la chose se peut lire dans le *Fortalitium fidei*. Ce polisson répondit que le *Fortalitium* est un livre cagatorial, sans aucune valeur, et qu'on ne le saurait alléguer à moins d'être idiot ou fol par la tête. Moi, je fus atterré. Notre Maître Petrus Meyer entra dans une véhémente colère, au point que ses mains tremblaient. Je craignais qu'il ne fît à son adversaire un mauvais parti. Je le calmai : « Seigneur très illustre, soyez patient, à cause que *l'homme patient est dirigé par une haute Sagesse* (*Proverbes*, XIII). Épargnez celui-ci qui périra comme une poussière à la face du vent. Il parle beaucoup mais ne sait rien. Et, comme il est écrit dans l'*Ecclésiaste* : *Le fou prodigue les paroles*, tout juste à la manière d'icettuy. »

Alors, ô honte! voici que le compagnon se met à déblatérer contre l'Obédience des Prêcheurs, que les Frères ont commis à Berne des atrocités — ce que je ne croirai de ma vie — et qu'ils ont été brûlés ; qu'un jour, ils ont mêlé du poison au Sacrement eucharistique ; par ce moyen, ils ont occis un empereur. Il ajouta qu'il convînt de disperser l'Ordre, faute de quoi il y aurait d'énormes scandales pour la Foi, car les Prêcheurs sont le réceptacle de toute méchanceté, et là-dessus des propos sans fin.

Vous devez comprendre sans peine mon désir de réintégrer Cologne. Que faire avec de tels maudits? Vienne la mort sur eux! *Qu'ils descendent vivants au plus noir des enfers*, comme dit le Psalmiste, car ce sont les fils du Malin.

Si cela vous paraît bon, je compte d'abord acquérir mon grade. Si non, je partirai sur-le-champ. Veuillez, par la première poste, m'aviser de votre sentiment. J'y conformerai ma conduite. En même temps, je vous recommande au Seigneur Dieu.

De Mayence.

XXIII

JOANNES VICKELPHIUS, HUMBLE PROFESSEUR DE THÉOLOGIE SACRÉE, DONNE LE BONJOUR A MAITRE ORTUINUS GRATIUS, POÈTE, THÉOLOGIEN, ETC.

Puisque vous fûtes jadis mon disciple à Deventer, disciple que j'aimais par-dessus tous les autres écoliers, tant pour votre bon esprit que pour l'imperturbable docilité de votre jeunesse, je veux encore vous assister de mes avis toutes fois et quantes l'occasion s'en présentera. Mais il faut que vous preniez la chose en bonne part. Ce Dieu qui scrute les poitrines sait que je vous parle en toute dilection, pour le rachat de votre âme.

Des gens de Cologne sont venus ici, prétendant que vous avez, à Cologne, une femelle ; que vous êtes communément, elle auprès de vous, et vous auprès d'elle. Ils certifient que vous égayez son bas-ventre. Grandes furent ma douleur et mon épouvante lorsque j'appris cela. N'est-ce pas un scandale horrible si ces gens ont dit vrai? Comment! vous, diplômé, vous qui monterez, avec le temps, aux faîtes les plus sublimes, c'est-à-dire aux grades en Théologie sacrée, on peut sur votre compte propager de tels bruits? Cela donne aux cadets le mauvais exemple ; cela pousse les jeunes hommes à la perversité.

Cependant vous avez bien lu dans l'Ecclésiaste : *Beaucoup par le visage de la femme périront ; en elle arde la concupiscence comme la flamme d'un brasier.* Vous avez lu encore au même endroit : *Ne porte pas tes yeux sur la femme atournée, évite les charmes fallacieux de l'étrangère. Garde-toi de circonspecter une vierge, de crainte que sa beauté ne te mène à des esclandres sans honneur.* Vous savez que la fornication est le plus grave des péchés. Avec cela, j'apprends que votre concubine est en puissance de mari. Une femme légitime! Pour Dieu, ne la gardez pas un instant de plus! Songez à votre bon renom. Quel éclat, si l'on pouvait dire qu'un théologien pratique l'adultère! A part cela, vous avez une assez bonne réputation ; tout le monde assure que vous êtes fort estimé, de quoi je ne doute pas.

Il serait bon que vous fissiez, chaque jour, une dévote recordation du Chemin de la Croix — préservatif souverain contre les embûches de l'Ennemi, contre l'aiguillon de la chair — et que vous demandassiez dans chacune de vos patenôtres que vous garde le Très-Haut des cogitations luxurieuses.

Je crains que vous n'ayez lu ces obscénités dans les auteurs profanes et que leur fréquentation ne vous ait corrompu. Je voudrais que vous donnassiez congé à ces poètes, sachant que Saint Hieronymus fut par un ange houspillé pour avoir consulté leurs ouvrages. A Deventer, je vous ai dit souvent qu'il ne fallait devenir ni poète ni juriste, que ces gens-là sont mal affectionnés dans la Foi et qu'ils ont presque tous des penchants obscènes quant aux mœurs. C'est d'eux que le Psalmiste a dit : *Vous haïrez tous les hommes qui observent des choses vaines avec superfluité.*

Je veux encore vous entretenir d'un autre objet. On dit que vous avez écrit contre Jean Reuchlin pour la cause de la Foi. C'est fort bien. Vous avez raison de tirer profit du talent que Dieu vous a donné. Mais on dit aussi que Johannes Pffefferkorn, dont vous avez pris la défense, est un méchant bougre, qu'il ne s'est pas fait chrétien par amour de la Foi, mais à cause que les Juifs le voulaient mener au gibet, rapport à ses canailleries. C'est un voleur, un traître. On l'a baptisé malgré cela. Tout le monde assure qu'il est au fond mauvais catholique et qu'il ne se maintiendra pas dans la Foi. Voyez donc ce qu'il vous reste à faire. On a déjà brûlé un Juif de Halles, qui avait reçu le baptême et qui s'appelait de même Johannes Pffefferkorn. Il avait fait les cent coups. Je crains que, si l'autre se comporte de façon identique, vous n'éprouviez du désagrément. Cela posé, vous n'en devez pas moins défendre la Théologie et prendre en bonne part les conseils que je vous donne fraternellement. Portez-vous bien dans la prospérité.

Donné à Magdebourg.

XXIV

PAULUS DAUBENGIGELIUS DONNE LE BONJOUR A MAITRE ORTUINUS GRATIUS

Si je fus un menteur, comme vous me le reprochâtes naguère, en toujours promettant de vous écrire et ne vous écrivant jamais, j'entends vous prouver, ce jourd'hui, que je suis de parole. Un homme d'âge, un homme de bien ne promet que ce qu'il veut tenir. Ce serait de ma part une inconséquence grande que de n'observer point ma promesse et d'être fallacieux. A cet exemple, vous faut m'écrire. Ainsi nous pourrons souvent nous envoyer à tour de rôle ou nous adresser des mandements.

Sachez d'abord que le docteur Reuchlin s'est permis d'éditer un libelle plein de scandale et d'impudeur où vous êtes couramment traité de « bourrique ». Cela est intitulé *Defensio.* J'ai ressenti une grande confusion en lisant ce pamphlet, encore que je ne sois pas allé jusqu'au bout, car je l'ai envoyé contre le mur dès que j'ai vu à quel point il est malévole pour les artistes et les théologiens. Vous en prendrez connaissance pour peu que cela vous plaise, car je vous le fais tenir. Il me semble, quant à moi, que l'auteur, avec son pamphlet, devrait être condamné au feu ; car il est intolérable et hautement scandaleux qu'un homme puisse écrire impunément des livres de ce genre. Je fus dernièrement à la montre aux chevaux, à cause que je voulais faire emplette d'un bidet pour cheminer jusqu'à Vienne. C'est alors que j'ai vu le livre de Reuchlin mis en vente. Immédiatement, je m'avisai qu'il était indispensable de vous donner connaissance du bouquin afin que vous puissiez rédarguer sa perversité. Je voudrais autant que possible vous faire de plus grands services. Croyez que je n'hésiterais pas, car vous avez en moi un humble valet ainsi qu'un partisan chaleureux.

Sachez que j'ai encore mal aux yeux. Mais une manière d'alchimiste est ici venu qui dit qu'il sait médicamenter les yeux quand même on lui donnerait, pour le guérir de cette infirmité, un homme absolument aveugle. Il a d'ailleurs une expérience peu commune, ayant pérégriné à travers l'Italie et la France et de nombreux pays. Or, vous le savez, tout alchimiste est maître mire ou savonnier, encore que le nôtre fût passablement désargenté.

Vous me demandez comment, par ailleurs, se comportent mes affaires. Mille grâces de vouloir bien vous enquérir de cela. Sachez donc que je me porte bien, par la volonté de Dieu. J'ai pressé beaucoup de raisin pendant le vendémiaire et j'ai de froment une bonne suffisance.

Pour ce qui est des nouvelles, sachez encore que le Sérénissime Dom Empereur envoie un grand peuple en Lombardie contre les Vénitiens et les veut châtier de leur superbe. J'en ai bien vu deux mille, avec six drapeaux.

Une moitié portait des lances, l'autre des mousquets et des bombardes. Ils étaient d'aspect très horrifique et traînaient des bottes déchirées. Ils ont fait de grands dégâts chez les campagnards et les vilains — tant que nos hommes criaient qu'ils voudraient les savoir tous morts jusqu'au dernier. Mais moi je souhaite que l'armée nous soit rendue en bon état.

Envoyez-moi par cet ordinaire les *Formalitates* et les *Distinctiones* de Scott que mit en ordre Brulifer et aussi le *Clipeus thomistarum* imprimé chez les Aldes, si vous pouvez mettre la main dessus. Je voudrais bien avoir aussi le *Modus metrificandi* composé par vous. Achetez-moi Boetius dans toutes ses œuvres, et surtout la *Disciplina scholarum* et le *De consolatione philosophica* portant les gloses du Docteur Saint. En même temps, portez-vous bien et me gardez en bon vouloir.

D'Augsbourg.

XXV

MAITRE PHILIPPUS SCULPTOR DONNE LE BONJOUR A MAITRE ORTUINUS GRATIUS

Comme je vous l'ai marqué bien souvent, je suis molesté de voir que cette ribaudaille (j'entends la Faculté des poètes) devient commune et s'accroît par toutes les provinces et régions. De mon temps, on ne connaissait qu'un poète. Il se nommait Samuel. A présent, ils sont vingt au moins, rien que dans cette ville, et nous mécanisent à l'envi, nous autres qui tenons pour les anciens.

Dernièrement, j'ai donné une forte remontrance à l'un de ces blancs-becs. Il prétendait que le mot « écolier » ne signifie aucunement une personne qui va pour apprendre à l'école. Je lui ai dit : « Bourrique, voudrais-tu par hasard corriger le Docteur Saint qui donne cette définition? »

Depuis, il a écrit une invective contre moi dans laquelle entrent plusieurs diffamations. Il me reproche de n'être point habile grammairien, à cause que je n'aurais pas élucidé comme il faut certains vocables dans mes commentaires sur la première partie d'Alexander et le livre *De modis significandi*.

Je veux expressément vous communiquer les termes susdits que j'ai, comme vous le verrez, interprétés de la façon la plus correcte, d'après les vocabulaires : je peux alléguer d'ailleurs force autorités décisives et même des théologiens.

J'ai affirmé d'abord : *Seria* veut quelquefois dire « marmite » ; le mot vient alors de *Syria* parce que, dans cette province, on fabriqua le premier pot-au-feu ; il peut venir encore de *Serius*, utile ou sérieux, de *Seriè*, en bon ordre. De même, sont nommés « patriciens » les pères des Sénateurs. *Item*, *currus* « char » vient de *currere* « courir » parce que, grâce à lui, ce qui est dedans court au dehors. De même : *jus, juris* signifie « justice », mais *jus, jutis* veut dire « jus ». D'où le vers :

Jus, jutis, je le bois ; *jus, juris*, je l'aboie (au tribunal).

Item, *lucar*, le prix qu'on retire d'un *lucus* ou « foret » ; *item*, *mantellus*, « manteau », d'où le diminutif *manticulus*. *Mœchanicus* veut dire « adultère » ; c'est pourquoi on distingue les Arts Mécaniques des Arts Libéraux qui seuls méritent le nom d'Arts. *Item*, *mensorium* est « tout ce qui se rattache à la mense ». *Item*, *polyhistor* est « celui qui sait plusieurs histoires », de là vient *polyhistoria*, soit « recueil d'histoires ». Cela doit s'entendre d'un mot qui a plusieurs sens.

Ces explications, et d'autres semblables, ne sont pas bonnes, à ce qu'il dit. Il m'a couvert de confusion devant mon auditoire. Alors, je l'ai pris de haut, lui disant que, pour le salut éternel, on n'a pas besoin d'autre chose que d'être simple grammairien et de savoir exprimer les concepts de l'esprit. « Vous n'êtes grammairien ni simple ni double, a-t-il répondu, et vous ne savez les éléments de quoi que ce soit. »

Cela m'a fait grand plaisir parce que je le peux citer maintenant, grâce au privilège de l'Université de Vienne où il faudra qu'il me réponde, parce que c'est là que je fus promu, par la grâce de Dieu, à la dignité de Maître. Si je fus déclaré suffisant par toute l'Université, je le serai bien davantage au regard d'un seul poète, qui n'est rien comparé à l'Université. Croyez-moi, je ne donnerai pas le compliment pour une vingtaine de florins.

On dit ici que tous les poètes veulent manifester avec le docteur Reuchlin contre les théologiens. L'un d'eux a même composé un pasquil qu'on dénomme : *Capnionis triumphus*[6], qui renferme plusieurs mauvais propos, même sur votre compte. Plût à Dieu que tous les poètes fussent au pays où l'on récolte le poivre! Ils nous donneraient la paix. Il est à craindre sans cela que la Faculté des arts ne tombe par le fait de ces poètes. Ils racontent que nos Maîtres ès arts captent les jouvenceaux en acceptant de l'argent et leur donnent leurs grades, maîtrise ou baccalauréat, même quand ils ne savent rien. Ils ont déjà obtenu ce résultat que les étudiants ne veulent plus se promouvoir dans les Arts ; mais tous prétendent à la qualité de poète. J'ai un petit ami qui est un bon garçon, de l'esprit le meilleur. Ses parents l'ont envoyé à Ingolstadt. Je lui ai donné des lettres d'introduction pour un certain Maître bien qualifié dans les Arts, qui prépare son doctorat théologique. Et voici que mon jeune homme a quitté ce Maître pour aller au poète Philomusus et pour en suivre les leçons. J'ai compassion du godelureau, comme il est écrit dans les *Proverbes*, XIX : *Celui-là prête au Seigneur avec usure qui prend pitié des malheureux*. Si mon petit ami était resté près du Maître à qui je l'avais envoyé, il serait à présent Bachelier. Mais il n'est rien. A se comporter comme il fait, il ne sera oncques davantage, quand bien même il étudierait pendant dix ans le métier de poète.

[6] *Johannis Reuchlin viri clarissimi* Encomium *; triumphanti illi ex devictis Obscuris Viris, id est theologistis Coloniensis et fratribus de Ordine Predicatorum, ab eleutherio Bizeno decantatum.*

(Bibliothèque Mazarine, 18-766.)

Je n'ignore pas que vous endurez aussi quantité de vexations que vous suscitent les poètes séculiers. Combien que vous soyez vous-même un poète, vous n'êtes pas de leur espèce, mais vous tenez pour l'Église. Avec cela, vous êtes bien fondé en Théologie, et, quand vous copulez des vers, ce n'est pas sur des babioles, mais sur la *Couronne des Saints*. Je voudrais bien savoir où en est votre affaire avec le docteur Reuchlin. Si je puis en cela être utile à vous, signifiez-le-moi, je vous prie, et m'écrivez par la même occasion sur tous autres sujets. Portez-vous bien.

XXVI

ANTONIUS RUBENSTADIUS A MAITRE ORTUINUS GRATIUS DONNE AFFECTUEUSEMENT LE SALUT D'UNE AMITIÉ CORDIALE.

Vénérable Dom Maître, sachez que, pour l'instant, je n'ai pas le loisir de vous écrire autre chose que de l'indispensable. Néanmoins, veuillez répondre à la question que je vous pose ainsi : « Un Docteur en Droit est-il tenu à faire la révérence à un notre Maître quand il n'est pas vêtu de son habit? » L'habit magistral est, vous ne l'ignorez pas, un grand capuce avec un lyripipion. Nous avons ici un Docteur promu dans l'un et l'autre Droit. Il est en bisbille avec notre Maître, le curé Petrus Meyer. Dernièrement, ils se trouvèrent nez à nez dans la rue, mais comme notre Maître Petrus n'avait pas son habit, le juriste en question garda sa révérence. Depuis, on a dit qu'il avait tort, parce qu'il devait, quand même l'autre serait son ennemi, lui faire la révérence pour l'honneur de la Théologie sacrée ; parce que l'on doit être l'adversaire de l'homme et non de la science, parce que les Maîtres occupent la place des Apôtres, desquels fut écrit : *Comme ils sont beaux les pieds de ceux qui évangélisent le bien et qui prêchent la paix!* Conséquemment, si leurs pieds sont beaux, combien plus leurs têtes et leurs mains doivent être belles! C'est justice que tout homme et les Princes eux-mêmes doivent honneur et déférence aux théologiens nos Maîtres. Alors, ce juriste répondit. Contradictoirement, il allégua ses lois et plusieurs textes, parce qu'il est écrit : *Tel je te vois, tel je t'estime.* Nul n'est tenu de faire la révérence à qui ne porte point le harnais de son état, quand bien même il serait prince. Quand un ecclésiastique est pris sur le fait dans un acte indécent, ne portant pas l'habit sacerdotal mais un costume séculier, tout juge séculier peut se comporter avec lui comme avec un homme du siècle et le traiter de même, prononcer contre lui des peines corporelles nonobstant les privilèges des clercs. Tels sont les arguments de ce juriste. Faites-moi connaître là-dessus votre pensée. Dans le cas où vous n'auriez pas d'opinion personnelle, consultez, je vous prie, les casuistes et les prudents qui sont à Cologne afin que je sache la vérité, parce que Dieu est vérité, et que celui-là aime Dieu qui aime la vérité. De même, faites-moi savoir comment vont les choses dans votre action contre le docteur Reuchlin. J'entends qu'il est fort appauvri par les dépenses qu'il a dû faire et cela me plaît fort, espérant que les théologiens emporteront la victoire et vous aussi. Portez-vous bien, au nom du Seigneur.

Donné à Francfort.

XXVII

JOHANNES STABLERIUS DONNE LE BONJOUR A ORTUINUS GRATIUS

Comme vous avez toujours désiré que je vous apprenne du nouveau, le temps est venu où je peux et dois vous faire part de mes nouvelles, encore que je m'attriste qu'elles ne soient pas meilleures.

Sachez donc que les Frères Prêcheurs eurent ici des indulgences et pardons (obtenus à grands frais de la Curie romaine), avec quoi ils amassèrent pas mal d'argent. La collecte achevée, un larron, nuitamment, se coula dans l'église et déroba plus de trois cents florins dont il fit ses orges. Les Frères, qui sont zélés et pleins de dévouement pour la Foi chrétienne, en furent au désespoir et se plaignirent du voleur. Les bourgeois ont fait perquisitionner partout, mais sans trouver personne. Le bandit s'en est allé avec l'argent. C'est une grande scélératesse que d'avoir ainsi traité les indulgences papales et dans un lieu consacré. Ce forfait emporte l'excommunication, en quelque pays que soit l'auteur. Les gens, absous en mettant leur pécune dans le tronc emporté, ne cuident pas que l'absolution ait encore sa valeur. Mais ils se trompent. Ils ne sont pas moins absous que si les Prêcheurs avaient en mains leurs écus.

Vous saurez aussi que les partisans du docteur Reuchlin font courir toutes sortes de ragots. Ils affirment que les Prêcheurs n'avaient obtenu de Rome ces pardons que pour, avec les bénéfices, tarabuster leur grand homme et lui susciter des tribulations sous prétexte de la Foi. Ils disent encore que les gens, quel que soit leur état, misérable ou puissant, clérical ou mondain, ne devraient pas lâcher un sou.

J'ai dernièrement assisté dans Mayence à un festival donné par nos Maîtres contre Reuchlin. Nous eûmes pour conférencier un Prêcheur éminent, promu à la Maîtrise par l'Université d'Heidelberg. Il se nomme Bartholomeus Zehender, en latin *Decimarius*. Il publia du haut de la chaire que tous les hommes devaient se réunir le jour suivant pour assister au brûlement du *Speculum oculare*, car il ne pensait pas que le docteur Reuchlin fût en état d'imaginer une fallace pour empêcher l'exécution. Alors, un compagnon qui se trouvait présent et que l'on dit poète, fit le tour de la ville en colportant de mauvais discours et des bruits péjoratifs à l'encontre de notre susdit Maître. Quand il passait dans son chemin, il regardait le saint homme d'un œil dracontique et venimeux.

Il osa dire publiquement : « Ce prédicateur est indigne de s'asseoir à la table où prennent place les gens de bien : je peux établir que c'est un jeanfoutre et un poltron, qu'il a dans votre église, en chaire, et devant tous, menti contre la réputation d'un homme d'honneur, articulant des faits qui n'ont jamais eu lieu. »

Bien plus, il a osé dire : « C'est par jalousie que vous persécutez ce noble Docteur. » Puis, il y a qualifié notre Maître de chien, de brute, assurant que jamais pharisien n'eut tant de noirceur et d'envie. Tous ces propos vinrent à l'oreille du Maître. Il s'excusa fort élégamment à mon avis. « Combien, dit-il, que ce livre n'ait pas été mis encore au feu, on peut admettre qu'il sera brûlé dans un avenir prochain. » Puis, il attesta l'Écriture Sainte en plusieurs passages et démontra *qu'on ne saurait mentir quand on parle en faveur de la Foi catholique.* Il ajouta, pour finir, que les baillis et les officiaux de l'évêque de Mayence empêchent cette réparation contre toute justice. Mais les hommes verront bien ce qui doit advenir, lui-même ayant prophétisé que ce libelle serait ars, quand bien même l'Empereur et le Roi de France, et tous les Princes et tous les Ducs feraient cause commune avec le docteur Reuchlin. J'ai voulu vous donner avis de tout cela pour que vous soyez couvert ; je vous recommande fort la diligence en affaires pour éviter le scandale. Donc, portez-vous bien.

Donné à Miltenberg.

XXVIII

FRÈRE CONRAD DOLLENKOPSIUS A MAITRE ORTUINUS GRATIUS

Salut et dévotion très humble avec mes oraisons quotidiennes auprès de notre Seigneur Jésus Christus. Vénérable personne, daignez ne pas me tenir pour fâcheux si je vous écris touchant mes affaires, combien que vous m'avez autrefois enjoint de vous écrire sans relâche, de vous tenir au courant de mes études. Il ne faut pas, disiez-vous, que je cesse d'étudier mais que je persévère parce que j'ai une bonne caboche et que, Dieu aidant, je peux, si cela me convient, profiter beaucoup. Vous saurez donc que pour le moment je me suis fait inscrire à l'École d'Heidelberg où je suis un cours de théologie. Outre cela, je prends tous les jours une leçon de poësie où, par la grâce de Dieu, je commence à faire un progrès admirable. Je sais déjà par cœur toutes les fables d'Ovidius en sa *Métamorphose* ; de plus, je sais les interpréter quadruplement à savoir naturellement, littéralement, historiquement et spirituellement — science que n'ont pas les poëtes séculiers[7].

[7] Dante n'est pas moine scolastique, c'est-à-dire moine abruti, dans ses gloses de la *Vita Nuova*.

Dernièrement j'ai poussé à l'un d'eux cette colle : D'où vient le nom de Mavors[8]?

[8] *Mavors*, Mars, l'Arès du Latium :

… belli fera munera Mavors.

Armipotens rugit… »

Lucrèce.

Il me donna une explication qui n'est pas la bonne. Je le redressai : Mavors, lui dis-je, c'est *Mares vorans* (le dévorateur des mâles) ; de quoi il demeura confondu. Je poursuivis : Que faut-il entendre allégoriquement par les neuf Muses? Le pauvre gars n'en savait rien : Les neuf Muses, lui dis-je, représentent les sept chœurs des anges. En troisième lieu, je lui demandai : D'où vient le nom de Mercurius? et comme il ne savait pas davantage : *Mercurius*, lui dis-je, c'est *Mercatorum curius* (patron des marchands) à cause qu'il est le Dieu du négoce et porte aux traficants un intérêt suivi.

De cela vous pouvez inférer que ces poëtes apprennent leur art dans un grand terre à terre, qu'ils ne prennent cure ni des allégories, ni de l'exégèse spirituelle. Ce sont des hommes charnels comme l'écrit l'Apôtre dans sa première aux Corinthiens II : *L'homme animal ne perçoit pas les choses qui sont dans l'esprit de Dieu.*

Vous me demanderez peut-être : D'où tenez-vous tant de subtilité? Je vous répondrai que j'ai, depuis peu, fait emplette d'un ouvrage composé par un Anglais, maître de notre ordre, qui a nom Thomas de Walleys. Son livre a pour objet la *Métamorphose* d'Ovidius. Il en expose tous les mythes d'après le Symbolisme et la Mystique. Il est profond en théologie au delà de tout ce que vous pouvez croire ; il est bien évident que le Saint-Esprit infusa une belle doctrine à cette personne à cause qu'elle établit la concordance qui existe entre l'Écriture Sainte et les fables poëtiques. Vous la pourrez constater dans les passages que voici :

De la serpente Pytho qu'Apollon mit à mort, le Psalmiste écrit : *Le Dragon que vous formâtes pour badiner avec lui* ou bien, encore : *Vous marcherez sur l'aspic et sur le basilic.* Touchant Saturnus qui toujours est figuré sous les traits d'un vieillard, père des Dieux et qui dévore ses fils, Ézéchiel vaticine : *Les pères mangeront leurs enfants au milieu de vous.* Diana signifie la très béate Vierge Maria quand, avec des pucelles nombreuses, elle rôde par chemins. C'est pourquoi, dans les psaumes, il est dit, à propos d'elle : *Que des vierges soient amenées à sa suite*, et ailleurs : *Entraîne-moi ; nous courrons à l'odeur de tes parfums.* Item de Jovis quand il déflora Callesto l'érigone, puis remonta vers le ciel. Matheus écrit, chapitre douzième : *Je retournerai dans ma maison d'où je m'étais exilé.*

De même, touchant la confidente Aglauros que Mercurius convertit en rocher. Cette pétrification est mentionnée dans *Job*, XLII : *Son cœur sera bientôt induré comme un caillou. Item*, le coït de Jupiter avec la nymphe Europea est prévu par l'Écriture Sainte, ce que je ne savais pas encore. C'est quand il lui dit : *Entendez, ma fille, et regardez, et prêtez l'oreille, pour ce que le roi convoite vos beautés. Item*, Cadmus, courant après sa sœur, figure la personne de Christus en quête pareille de sa sœur qui est l'Ame humaine et fondant une cité qui est l'Église. D'Actœo qui vit Diana toute nue, *Ézéchiel*, XVI, a prophétisé quand il dit : *Vous étiez nue et pleine de vergogne ; j'ai passé auprès de vous et je vous ai considérée.* Et ce n'est pas en vain que les poètes ont écrit que Bacchus fut deux fois engendré, ce qui est encore une préfiguration de Christus, engendré pareillement, une fois, avant les siècles, une autre fois, dans la chair et dans l'humanité. Et Semele qui allaita Bacchus est l'image de la béate Vierge à qui s'adresse l'*Exode*, II : *Accueille cet enfant ; nourris-le-moi et je te donnerai ton salaire. Item*, la fable de Pyramus et de Thisbe doit être exposée comme suit allégoriquement et spirituellement. Pyramus est l'archétype du Fils de Dieu. Thisbe symbolise l'âme humaine, amoureuse de Christus, et dont il est écrit dans l'*Évangile* : *Son glaive transpercera ton âme* (*Lucas*, II). Ainsi Thisbe se poignarde avec l'engin de son amant. *Item*, sur Vulcanus, précipité du ciel et rendu boiteux, il est écrit dans les *Psaumes* : *Ils furent mis dehors ; ils ne peuvent plus se tenir debout.*

Voilà ce que j'ai appris dans ce livre et bien d'autres choses encore. Si vous étiez auprès de nous, vous verriez des prodiges.

C'est dans une telle voie, ô Maître! qu'il nous convient de pousser nos études poétiques. Mais excusez-moi, j'ai l'air de vouloir endoctriner Votre Seigneurie. Hélas! vous en savez plus long que moi. Cependant, j'ai fait la chose dans une bonne intention. J'ai pris certains arrangements ; quelqu'un de Tübingen doit, à l'avenir, me préciser les faits et gestes du docteur Reuchlin, de telle sorte que je vous les signale à mon tour. Mais, pour le présent, je ne sais rien ; sinon, je vous en donnerais avis. A présent, portez-vous bien, dans une charité qui n'est pas mensongère.

Donné à Heidelberg.

XXIX

MAITRE TILMANNUS LUMLIN DONNE LE BONJOUR A MAITRE ORTUINUS GRATIUS

Je suis le plus inepte des hommes ; la prudence n'est pas avec moi, je n'ai pas étudié la sagesse ni fréquenté la sapience des Élus. (*Proverbes*, XXX.) Conséquemment, point ne vous faut me dédaigner quand je me risque à vous donner un avis sur vos comportements ; je fais cela dans un bon esprit. Je vous désire admonester dans la mesure de mon intellect et même vous tancer un peu, *car la réprimande éclaircit l'entendement.* Il est écrit dans l'*Ecclésiaste*, XIII : *Celui qui touche de la poix sera inquiné par elle.* Il en est ainsi de vous. Puisqu'il vous plaît que je sois votre ami, prenez en bonne part que je vous morigène. J'ai compris que vous faites le mort dans la cause de Joannes Reuchlin et que vous ne lui répondez pas à l'égard de ses criminelles imputations. J'en suis fort irrité car je vous ai en amitié. Il est écrit : *Je semonds qui j'aime.* A quoi bon commencer de lui répondre si vous ne voulez pas continuer? N'êtes-vous pas suffisant? Mais, par Dieu! vous êtes bien plus fort que lui, surtout dans les questions de Théologie. Vous devez donc rétorquer ses impostures, défendre votre nom, préconiser la Foi chrétienne contre laquelle cet hérétique est déchaîné, et ne faire état de quiconque. Salomon a dit dans l'*Ecclésiastique*, XIII : *Ne soyez pas humble dans votre sagesse, de crainte que cette humilité ne vous induise en folie.* Et vous ne devez pas craindre que le pouvoir des jurisprudents vous suscite un danger corporel ; car il faut subir de tels méchefs pour la Foi et pour la vérité. C'est pourquoi dans l'*Évangile selon Matheus*, XVI, Christus dit : *Que celui qui veut sauver son âme la perdra.* Et si vous craignez de n'en pouvoir triompher, c'est donc que vous ne croyez pas à l'Évangile, car votre cause est celle de la Foi. Et vous lirez dans l'Évangile que rien n'est impossible à l'homme qui croit. Ceci est posé dans *Matheus*, XVIII : *Si vous aviez la Foi comme un grain de moutarde, vous diriez à cette montagne : Transporte-toi d'ici là. Et la montagne se transporterait et rien ne vous serait impossible.*

Mais il n'est pas à craindre que le docteur Reuchlin puisse écrire la vérité, parce qu'il n'a pas la Foi intégrale, parce qu'il défend les Juifs ennemis de la Foi et qu'il opine contre les décisions des Docteurs. Pécheur en outre, ainsi qu'en témoigne Maître Johannes Pffefferkorn dans son livre intitulé : *Sturmglock*. Or, les pécheurs n'ont rien à démêler avec les *Écritures Saintes*, parce qu'il est écrit, psaume XLIX : *Mais Dieu a dit au pécheur : Pourquoi divulgues-tu ma justice ; pourquoi ta bouche fait-elle hommage à mon testament?*

A ces causes, je vous exhorte et vous supplie! Ayez à cœur de nous défendre, afin que les hommes proclament dans leurs louanges que vous défendez l'Église et votre bon renom. Vous ne devez prendre qui que ce soit en considération, alors même que le Pape lui servirait d'appui, car l'Église est au-dessus du Pape. Vous devez également pardonner ce monitoire, car je vous aime et vous savez pourquoi, Monseigneur, je vous aime. Portez-vous bien dans la vigueur du corps et de l'esprit.

XXX

AU TRÈS PROFOND ET TRÈS ILLUMINÉ DOM ORTUINUS GRATIUS, THÉOLOGIEN, POÈTE, ORATEUR A COLOGNE, SON SEIGNEUR ET PROFESSEUR TRÈS OBSERVÉ, JOHANNES SCHNARHOLTZ, PROCHAINEMENT LICENCIÉ, OFFRE DES SALUTATIONS EXUBÉRANTES AVEC LA PLUS ENTIÈRE SOUMISSION AUX COMMANDEMENTS DE LUI.

Cordialissime et profundissime Dom Ortuinus, moi Johannes Schnarholtz, prochainement Licencié en Théologie, dans l'inclyte Université de Tubingue, je veux entretenir familièrement Votre Dignité. Néanmoins, je crains que cela ne soit irrévérencieux, car vous êtes si docte et si magnifiquement réputé dans Cologne que nul n'oserait approcher de Votre Dignité, sans faire de soi-même, au préalable, un examen rigoureux. En effet, il est écrit : *Ami, comment êtes-vous entré, n'ayant point de veste nuptiale?* Mais, humble, vous savez l'art de vous humilier suivant le dit de l'Écriture : *Sera exalté qui s'abaisse, abaissé qui s'exalte.* Donc je veux mettre bas toute pudeur et causer hardiment à Votre Domination, sauve néanmoins la révérence qu'on vous doit.

J'ai, naguère, ouï prêcher certain Maître de Paris devant une assistance nombreuse, pour la fête de l'Ascension. Il prit pour texte : *Dieu monta au ciel avec joie.* Il fit un riche sermon que vantèrent les auditeurs illacrymés, lesquels cette prédication améliora beaucoup. Dans le second point du discours, il interpola deux conclusions très magistrales et subtiles. Voici la première : Quand le Seigneur monta vers le firmament, ses mains tendues au ciel, Notre-Dame, béate Vierge, et les Apostoles se tinrent debout et clamèrent, avec une si grande jubilation qu'elle fut à l'enrouement, afin de réaliser la prophétie : *Ils ont clamé tant que leur voix est rauque devenue.* Il prouva que leur clameur fut un cri d'allégresse, inhérent à la Foi catholique. Témoin cette parole du Seigneur dans l'Évangile : *Amen, amen, je dis à vous : Si les hommes ferment la bouche, les pierres jetteront des cris.* Donc, ils ont tous vociféré d'un grand amour et d'un zèle éperdu. Mais par-dessus tous, le bienheureux Petrus, dont la voix claironnait comme le bronze d'un tuba. C'est le mot de David : *Cet indigent poussa des cris.* Néanmoins, la Vierge béate ne s'égosilla point. Dans son cœur, elle magnifiait le Très-Haut, n'ignorant pas que tout cela était dans l'ordre, suivant l'Annonciation de l'Ange Gabriel. Et, quand les Apôtres eurent ainsi dévotement et joyeusement beuglé, vint un Ange du Ciel qui leur dit : « Hommes galiléens, qui stationnez en ce lieu et poussez votre clam en regardant au ciel, Jésus, ce Jésus transfiguré dans la gloire, descendra itérativement vers vous ainsi qu'il est monté. Cela pour que soit accompli ce verset des Écritures, disant : *Les justes ont hurlé, mais le Seigneur a leur voix entendue.*»

La deuxième conclusion fut plus magistrale encore. Le Fils de l'Homme voulut avoir sa passion, sa sépulture et sa résurrection dans Hierusalem, qui est le nombril de la Terre, afin que tout pays fût prévenu de sa résurrection et que nul gentil ne pût comme excuse à son hérésie alléguer : « Je ne savais point que le Seigneur fût revenu d'entre les morts. » Parce que, de tous côtés, le milieu se fait apercevoir, nul incrédule ne possède le moindre asile de justification touchant ce lieu où Jésus-Christus monta vers le Ciel, puisque ce lieu est le centre même, le nombril de la Terre. Là, une cloche que tout le monde entend est suspendue. Or, quand elle tinte, elle éparpille un son formidable pour le Jugement dernier ou l'Ascension de Jésus Notre-Seigneur. Quand elle tinte, les sourds eux-mêmes en perçoivent l'appel.

De cette conclusion il déduisit force corollaires dans le goût de Paris. Mais, quand il eut achevé son homélie, un Maître d'Erfurth voulut faire de la contradiction ; cependant il demeura bouche bée. Vous plaît-il m'indiquer les auteurs qui traitent de cette matière? je me donnerai leurs écrits.

Donné à Bule chez Beatus Rhenanus qui est votre ami.

XXXI

A BARTHOLOMEUS COLPIUS, BACHELIER FORMÉ EN THÉOLOGIE DE L'OBÉDIENCE DES CARMES, WUILLIBRODUS NICETUS, GUILLELMITE, CHARGÉ DE COURS PAR L'AUTORITÉ DU RÉVÉRENDISSIME GÉNÉRAL DE L'ORDRE, SE RECOMMANDE AVEC UN SALUT.

Autant que de gouttes dans la mer, autant que de béguines dans la Sainte Cologne, autant qu'il y a de poil sur le cuir des baudets, vénérable Dom carme Colpus, tant et plus je vous confère de salutations. Je sais que vous êtes de la meilleure Obédience, que vous avez force indulgences de la Chaire Apostolique, que nul ne saurait prévaloir sur votre Ordre, à cause du pouvoir dont vous êtes investi d'absoudre les cas les plus scabreux, sous la réserve toutefois que les pénitents soient contrits et componctueux et qu'ils fassent paraître le désir de communier. C'est pourquoi je veux proposer à Votre Seigneurie une question théologique. Vous la déterminerez sans peine, car vous êtes bon artiste ; car vous savez bien prêcher ; car vous êtes plein d'un zèle éminent et même consciencieux ; enfin, j'entends dire que votre couvent est fourni d'une bibliothèque immense contenant de multiples ouvrages sur les *Saintes Écritures*, sur la philosophie et la logique — et Petrus Hispanus ; que vous possédez, en outre le *Cours magistral* du collège Saint-Laurentius de Cologne qui régit présentement notre Maître Tungarus[9], homme grandement zélé, profond en Théologie et, de plus, illuminé dans la Foi catholique. Encore que certain Docteur en droit ait cherché à le houspiller, comme il ne sait point disputer dans les formes et qu'il n'est peu ou prou qualifié dans les *Libri Sententiarum*, nos Maîtres ne prennent garde à lui. Je sais particulièrement que, dans votre susdite librairie où les Bacheliers qui professent un cours de Théologie ont leur salle d'étude, un livre est attaché par une cadène de fer, livre insigne nommé *Combibilationes*. Il renferme des autorités en matière de Théologie avec les premiers éléments de l'Écriture Sainte. Il vous fut légué à l'article de la mort par notre Maître de Paris, quand il se confessa et révéla quelques secrets touchant Bonaventure. Il recommanda qu'on n'en permît la lecture qu'à ceux de votre Obédience. Le pape a donné pour cela une quarantaine d'indulgences et les chaînes qui gardent ce trésor. Auprès, gisent Henricus de Hesse, Verneus et tous autres Docteurs sur les *Libri Sententiarum*. Vous êtes fondé là-dessus. Vous excellez dans la défense et dans la controverse. Vous discutez les anciens, les modernes, les scottistes, les albertistes et même ceux qui appartiennent à la secte du collège de Kneck, dans Cologne, où ces érudits ont en propre leurs assises et leurs cours particuliers.

[9] Arnold de Tongres.

C'est pourquoi je vous adjure, en tout amour et cordialité, de ne point vous offusquer de ma prière : mais donnez-moi un bon conseil touchant ma question et dans la mesure de mes forces.

Veuillez déterminer en ma faveur ce qu'élucident les Docteurs nos Maîtres, disputativement et péremptoirement. Cette question est ainsi formulée : *On demande si à Cologne béguines et lollards sont des personnes mondaines ou spirituelles? Sont-ils tenus de faire procession? Et peuvent-ils se marier?* J'ai longtemps étudié dans la Sainte Écriture, dans le *Discipulus*, dans le *Fasciculus temporum* et tels autres livres authentiques et sacrés, mais je n'ai pas trouvé de solution. De même, un prêtre de Fulde. Il a grandement compulsé les ouvrages susdits, mais il ne l'a découverte ni dans la Table des matières, ni dans les textes eux-mêmes.

Le Dom Pasteur de l'endroit et lui sortent du même arbre généalogique. Le Seigneur est poète, latiniste ; il sait écrire des *dictamen*. En ma qualité de curé attaché au monastère, je vois beaucoup de monde. J'ai posé la question à plusieurs personnes. Mais notre surintendant affirme tout net qu'il ne peut mettre, en décidant une telle question, sa conscience à l'abri, encore qu'il ait disputé avec maints Docteurs de Paris et de Cologne, parce qu'il a pris ses grades jusqu'à la licence et répond matériellement et formellement pour le degré complémentaire. Si donc vous ne pouvez trancher vous-même ce litige, vous plaise consulter Maître Ortuinus qui vous enseignera toutes choses. Car on le nomme *gratius*, pour la grâce divine qui est en lui et dont l'influx ne permet pas qu'il ignore aucun objet.

Sur ledit bouquin, j'ai ravaudé un poème héroïque. Faites-moi le plaisir de le lire et de le corriger. Marquez les redondances ou les lacunes. Sachez aussi comment il agrée à Maître Ortuinus. Je le veux donner à l'imprimeur.

Je commence comme suit :

Nul ne doit être assez lunatique

Et dans une telle présomption enseveli

Que de vouloir être fait illuminé dans l'Écriture Sainte

Et formellement déduire les corollaires de Bonaventura

Qui n'a pas étudié par cœur les *Combibilationes*

Que nos Maîtres divulguent par tous pays :

A Paris notamment, qui est la mère de toutes les Universités,

A Cologne où, naguère, il fut magistralement prouvé

Par nos Maîtres, dans une argumentation théologique

Déterminant toute chose par de séraphiques preuves,

Qu'il est préférable de connaître ces *Combibilationes*,
Traitant de plusieurs objets par d'irréfragables raisons,
Que de savoir sur le bout du doigt Hieronymus et Augustinus
Qui néanmoins écrivirent un bon latin :
Parce que les *Combibilationes* sont une matière opime
(Comme nos Maîtres le soutiennent dans tous les monastères),
Elles concluent par de magistrales conclusions,
Elles sont, dans les choses divines, la définition essentielle.
Elles traitent ainsi du rudiment théologique
Et de plusieurs autres objets tout à fait magistraux.

XXXII

A MAITRE ORTUINUS GRATIUS, HOMME D'INÉNARRABLES DOCTRINES, MAITRE GINGOLFUS LIGNIPERCUSSOR DIT MILLE MILLIERS DE SALUTS, EN UNE DILECTION QUI N'EST PAS MENSONGÈRE.

Très glorieux Maître, je vous aime pectoralement, et d'un zèle intime, parce que vous m'avez toujours été bienveillant, depuis cette époque lointaine où, précepteur affectionné, vous m'instruisîtes à Deventer. Ce qui vous aiguillonne dans votre conscience ne m'aiguillonne pas moins et ce qui m'aiguillonne, je le sais, vous aiguillonne aussi, si bien que l'aiguillon vôtre fut toujours l'aiguillon mien ; nul ne vous aiguillonna jamais, qui ne m'aiguillonnât plus durement encore et mon cœur souffre autant d'aiguillons qu'il est de gens pour vous aiguillonner. Croyez-m'en sur parole. Quand Hermanus Buschius vous aiguillonnait dans sa préface, il m'aiguillonna plus fort que vous ; j'excogitai par quel artifice je pourrais aiguillonner à mon tour ce querelleur incommode, présomptueux et superbe qui ose aiguillonner les Maîtres de Paris et de Cologne, — quand lui-même n'est pas seulement gradué, combien que ses compères le disent promu au baccalauréat en droit par l'Université de Leipzig. Mais je ne le crois pas, car il aiguillonne aussi les Maîtres de Leipzig, à savoir le grand Chien et le Chien mineur et tant d'autres qui le pourraient aiguillonner beaucoup mieux qu'il ne les aiguillonne. Mais eux ne veulent aiguillonner personne à cause de leur mortalité, à cause de la doctrine évangélique. L'apôtre dit : *Ne regimbez point contre l'aiguillon.*

Néanmoins, il serait bon de l'aiguillonner à votre tour. Vous avez un bel entendement et plein d'imagination ; vous pouvez en moins d'une heure composer des vers pleins d'aiguillons. Vous sauriez l'aiguillonner dans tous ses gestes et propos. J'ai ravaudé un *dictamen* contre lui ; je l'aiguillonne magistralement et poétiquement. Il ne se peut dérober à mon aiguillon. S'il veut m'aiguillonner en retour, je l'aiguillonnerai plus fort itérativement.

Donné en grande hâte à Strasbourg, chez Mathias Schurer.

XXXIII

MARMOTRECTUS BUNTEMANTELLUS, MAITRE DANS LES SEPT ARTS, A MAITRE ORTUINUS GRATIUS, PHILOSOPHE, ORATEUR, POÈTE, JURISPRUDENT, THÉOLOGIEN ET CONSÉQUEMMENT SANS ÉTAT DONNÉ, UN BONJOUR TRÈS CORDIAL.

Très consciencieux Dom Maître Ortuinus, croyez fermement que vous êtes mon cœur depuis que j'ai entendu beaucoup parler de Votre Dignité dans les choses poétiques. Car on dit à Cologne que vous surpassez tous les autres en cet art, que vous êtes un poète bien supérieur à Bruschius ou Cescerius, que vous savez aussi lire Plinius et la *Grammaire grecque*. A cause de la confiance que vous m'inspirez, je veux, sous le sceau de la confession, vous apprendre un secret.

Vénérable Dom Maître, j'aime ici une poulette, fille d'un sonneur de cloches. Elle s'appelle Margaretha. Naguère, elle s'est assise à vos côtés, ce fut quand notre curé pria Votre Seigneurie à dîner et vous traita fort révérencieusement. Quand ce fut le temps de boire, d'être en belle humeur, elle porta votre santé et huma les rouges-bords. Je l'ai, avec une telle fièvre, dans le sang, que plus ne m'appartiens. Croyez-moi : je ne mange à cause d'elle ni ne dors. Les gens me disent : « Dom Maître, pourquoi cette pâleur? Au nom de Dieu, laissez là vos bouquins ; vous étudiez sans mesure. Il vous faut, de temps à autre, chercher un peu de divertissement et faire un tour à la brasserie. Vous êtes encore un jeune homme. Vous pouvez bien prétendre au doctorat et devenir notre Maître ; vous êtes un scolastique bon et fondamental qui déjà vaut bien un Docteur. » Mais je suis timide ; je n'ose avouer mon infirmité. Je lis Ovidius : *De remedio amoris*, que j'ai annoté dans Cologne, d'après Votre Grandeur, avec force remarques et sentences marginales ; mais cela ne m'est d'aucune aide. Car mon désir augmente chaque jour.

Dernièrement, j'ai dansé trois fois avec elle dans un bal de nuit, à la Maison du baillage. La flûte, alors, flûta la cantilène *Pastor de nova civitate*. Aussitôt les cavaliers d'embrasser leurs donzelles à l'accoutumée ; je l'ai serrée bien fort sur ma poitrine avec ses mamelles et j'ai pressé longtemps ses mains. Alors, elle s'est mise à rire : « Dans mon âme, Seigneur Maître, a-t-elle dit, vous êtes un homme délectable. Vous avez les mains plus douces que quiconque. N'entrez pas dans les Ordres, acceptez une femme. » Ce disant, elle me regardait avec des yeux si doux que je pense qu'elle m'aime en secret. Mais son regard me poignit le cœur ; ce fut comme une flèche qui l'aurait transpercé. Je rentrai chez moi dans le plus grand désordre, escorté de mon domestique et je me mis au lit. Ma mère, alors, se mit à pleurer, cuidant que j'avais la peste. Elle s'en fut courant chez le docteur Brunellus, avec mon urine, criant : « Seigneur Docteur, pour l'amour de Dieu, secourez mon fils!

Je vous ferai présent d'une bonne chemise, parce que j'ai promis qu'il se ferait prêtre. » Le médecin alors considéra le pot de chambre et dit : « Ce patient est moitié bilieux, moitié phlegmatique. Il peut craindre une tumeur volumineuse autour du rein à cause des vents et des coliques résultant d'une mauvaise digestion. Il convient qu'il absorbe une médecine extractive. Il y a une herbe nommée *gyné* qui pousse dans les lieux humides ; elle a une odeur forte, comme l'enseigne Herbarius. Vous pilerez la partie intérieure de cette herbe. De son suc, vous ferez un long emplâtre que vous lui poserez pendant une heure sur le ventre. Vous le ferez coucher sur le ventre, aussi pendant une heure, et suer à l'avenant. Du coup, ces coliques prendront fin et les vents feront de même, car il n'est pas de médecine plus efficace, comme cela fut prouvé dans un grand nombre de cas. Mais il serait bon qu'il prît d'abord une purgation d'*album græcum*[10] avec du suc de raifort, drachmes iij ; ensuite, il ira bien. » Alors, ma mère vint et me fit avaler contre mon gré la médecine ; j'eus pendant la nuit cinq grosses selles ; ne pouvant dormir, je me rappelais de quelle façon je prenais, au bal, ses petits seins contre ma poitrine et de quel air elle me regardait. Je vous prie, au nom de toute votre bonté, de me donner pour l'amour une recette expérimentée prise dans votre petit livre, celle, par exemple, qui porte en marge le mot : ÉPROUVÉ. Vous m'avez, une fois, montré ce livre en me disant : « Avec cela, je peux rendre folle de moi n'importe quelle fumelle. » Si vous ne prenez pitié de moi, Dom Maître, alors je dois mourir et ma pauvre mère aussi par le chagrin qu'elle en aura.

[10] Crottes de chien fort en honneur dans la thérapeutique de Rabelais ou de Molière et que l'on trouvait encore, il y a quelques années, dans les officines de campagne.

D'Heidelberg.

XXXIV

MAITRE ORTUINUS GRATIUS A MAITRE MAMMOTRECTUS, SON PLUS PROFOND AMI AU PREMIER RANG DES AMITIÉS.

Attendu que l'Écriture dit : *Le Seigneur aime ceux qui marchent dans la simplicité*, conséquemment je loue Votre Seigneurie, très subtil Dom Maître, de m'avoir écrit le concept de votre esprit si simplement, encore que d'un ton fort oratoire — tant vous êtes bien stylé dans les choses du latin! Je veux aussi vous écrire simplement, rhétoriquement et non poétiquement. Dom Maître amicabilissime, vous me faites paraître vos amours. Je m'étonne que vous ayez assez peu de circonspection pour les vierges courtiser. Je vous le dis, c'est une faute. Vous avez là une intention peccamineuse qui peut vous mener droit en Enfer. Je vous tenais pour discrète personne et supposais que vous n'étiez pas féru de telles inconséquences ; elles ont toujours une mauvaise fin.

Je vous donnerai pourtant cet avis mien que vous sollicitez, pour ce que l'Écriture dit : *Qui demande recevra.* Vous devez, premièrement, laisser là ces vaines cogitations de votre Margaretha que le Diable vous suggère, lequel est père de tout péché, témoin *Richardus*, VI.

Et toutes fois et quantes vous songez à elle, faites la croix sur vous, dites une patenôtre avec le verset du *Psautier* : *Que le Diable stationne à sa droite.* De plus, mangez du sel bénit, le dimanche ; aspergez-vous d'eau lustrale consacrée par le doyen de Saint-Rupertus. Ainsi, vous esquiverez le Démon qui vous suggère une telle concupiscence de votre Margaretha. Elle n'est, d'ailleurs, pas aussi belle qu'il vous plaît le supposer. Elle a sur le front une verrue, les cuisses rouges et longues, les mains grosses et noires ; elle sent mauvais de la bouche à cause de la pourriture de ses dents. De plus, elle a un cul énorme en vertu du commun adage : *L'art de Margaretha est un piège sans fond.* Mais, aveuglé par cette diabolique amour, vous n'apercevez aucune des tares qu'on lui voit. Elle but comme un chantre et mangea comme un porc, le jour qu'elle fut assise, à table, près de moi. Elle ne se put tenir de me roter en plein visage, à deux reprises différentes, affirmant que c'était son escabelle qui faisait tout ce bruit. J'eus, à Cologne, une pécore bien plus avenante : je l'ai néanmoins plantée à reverdir. Depuis qu'elle s'est mariée, elle me fait appeler souvent par une vieille procureuse, me sollicitant de l'aller voir en l'absence du cocu. Je n'ai cédé qu'une fois et parce que j'étais en ribote ce jour-là.

Je vous exhorte à jeûner le samedi. Confessez-vous ensuite à l'un de nos Maîtres de l'Ordre des Prêcheurs, qui vous donnera de bons avis. Quand vous serez confessé, dites l'Oraison de Saint Christophorus ; qu'il vous charge sur ses épaules et daigne vous porter, afin de ne récidiver point, de n'être pas immergé dans la mer profonde et sans limite où sont des reptiles innombrables : à savoir des péchés infinis, suivant l'exposé du *Compilateur.*

Priez ensuite pour ne pas choir en tentation. Levez-vous de bonne heure et vous rincez les mains, peignez ensuite vos cheveux et ne baguenaudez point. L'Écriture dit, en effet : *Seigneur! Seigneur mien! je veille vers vous dès la prime aube!* Enfin, gardez-vous des latrines. Souvent, nous ne l'ignorons pas, le temps et la garde-robe induisent l'homme en péché, nommément de luxure.

Quant à la demande que vous me faites d'un secret pour être aimé, à coup sûr, apprenez qu'en mon âme et conscience je n'y peux obtempérer. Quand j'ai devant vous épilogué sur Ovidius, *De Arte amandi*, je vous appris que nul ne doit obtenir l'amour des femmes par incantation ou nigromance. Qui va contre cela est excommunié par le fait. Les inquisiteurs de la dépravation hérétique le peuvent assigner à comparoir et même le condamner au feu. Je vous citai, d'ailleurs, un exemple que vous avez sans doute retenu. Le voici. Un Bachelier de Leipzig tomba épris de la fille d'un boulanger, Catharina, et jeta sur elle une pomme ensorcelée. Elle prit la pomme, l'enferma dans sa gorge, entre les mamelles ; puis entra sur l'heure dans un incomparable transport d'amour. Éperdument elle voulait son damoiseau, au point que, même à l'église, elle regardait sans fin ce Bachelier. Et, quand il fallait marmotter : *Notre père qui êtes aux cieux*, elle récitait : *O mon Bachelier, où donc es-tu?* Même au logis, quand son père ou sa mère l'appelait, de répondre : « Que veux-tu, mon Bachelier? »

Ces bonnes gens n'y comprenaient rien, jusques au temps qu'un de nos Maîtres, passant d'aventure près de son logis, salua cette vierge :

« Bonsoir, demoiselle Catharina ; vous avez là de beaux cheveux. » Et cette pucelle Catharina de répliquer : « Merci Dieu, bon Bachelier, vous plaît-il avec moi popiner de la meilleure cervoise? » et de lui tendre un verre. Mais ce notre Maître fut bien courroucé. Il accusa la petite et dit à sa maman : « Dame boulangère, châtiez donc votre fille. Elle est grandement indiscrète. Elle scandalise notre Université ; car elle m'intitule « Bachelier » et je suis notre Maître. *Amen, amen*, je vous le dis, elle a commis un péché mortel ; elle m'a ravi mes honneurs et le péché ne s'efface qu'à la condition de restituer le bien qu'on a ravi! Elle nomme ainsi Bacheliers plusieurs autres de nos Maîtres ; je pense qu'elle aime un Bachelier. Veillez donc sur elle comme il faut. »

La mère prit un gourdin, appliqua sur le chef et sur le dos une telle bastonnade à Catharina qu'elle en pissa dans sa chemise. Après quoi, elle verrouilla la donzelle dans une chambre et l'y tint six mois, ne lui donnant que du pain et de l'eau pour tout potage. Pendant ce temps, le Bachelier prit ses grades et célébra sa première messe ; il eut ensuite une cure à Padoraw, en Saxe. Quand la belle en fut instruite, elle sauta d'une haute fenêtre, pensa se rompre l'épaule droite et courut en Saxe vers le Bachelier. Elle est encore avec lui dont elle a quatre enfants. Vous comprenez bien que c'est un scandale pour l'Église.

Ainsi donc, éloignez-vous de cette nigromance qui cause tant de maux. Mais vous pouvez sans crainte employer cette médecine de gynique prescrite à vous par Dom Brunellus. Le remède est excellent. J'en ai fait, à plusieurs reprises, une expérience personnelle contre les flatuosités. Portez-vous bien ainsi que Mme votre mère.

De Cologne dans la maison du Maître Joannes Pfefferkorn.

XXXV

LYRA BUTSCHULACHERIUS, THÉOLOGIEN DE L'ORDRE DES PRÊCHEURS, DONNE LE BONJOUR A GUILLERMUS HACKINETUS, QUI EST LE PLUS THÉOLOGIEN DES THÉOLOGIENS.

Vous m'avez écrit de Londres, en Angleterre, une ample missive, latinisée avec bonheur, dans quoi vous sollicitez du nouveau, soit plaisant soit fâcheux, parce que vous êtes naturellement porté sur les choses nouvelles, comme tous ceux qui, de tempérament sanguin, prennent plaisir aux cantilènes musicales et sont, après boire, des convives joyeux.

Ce me fut une grande jubilation que de tenir votre message. J'étais celui qui a trouvé une perle fine. Je le montrai à nos seigneurs Joannes Grocinus et Linacrus, disant : « Contemplez, Messeigneurs, contemplez! Ce notre Maître n'est-il point l'archétype de la riche latinité, un modèle unique dans l'art d'élaborer lettres et *dictamen*? » Eux, de jurer, affirmant qu'ils ne peuvent rédiger des lettres pareilles dans l'artifice de latinité, combien qu'ils soient poètes grecs et romains. Ils vous élevèrent au-dessus de tous, Anglais, Français, Germains et des nations quelconques vivant sous le soleil. C'est pourquoi il n'est pas admirable que vous soyez général de votre Ordre et que le roi de France ait pour vous de l'amitié. Vous êtes sans rival quand il faut latiniser, prêcher ou disputer ; vous excellez à diriger le roi et la reine en confession. Ces deux poètes vous louèrent aussi de connaître à fond la rhétorique. Il est bien vrai que nous avons ici un jeune compagnon qui se fait appeler Richardus Crocus ; il outrecuide et prétend que vous n'écrivez pas suivant les règles de l'art. Mais rien n'égale sa confusion quand il faut donner des preuves. Il séjourne présentement à Leipzig. Il étudie la logique de Petrus Hispanus et j'ai tout lieu de croire qu'à l'avenir il sera plus discret.

Mais je passe aux nouveautés. Les habitants de Schwitz et les lansquenets ont fait entre eux une grande guerre, se tuant par milliers. Il est à craindre que nul ne monte au Ciel à cause qu'ils font cela pour de l'argent et qu'un chrétien n'en doit pas tuer un autre. Mais vous n'avez cure de ces événements ; ce sont des gens de peu et qui vident leurs querelles par manière de passe-temps.

L'autre nouvelle vous semblera plus fâcheuse, et Dieu veuille qu'elle soit erronée! On écrit de Rome que le *Speculum* de Joannes Reuchlin fut derechef traduit en latin de la langue maternelle, par ordre de Notre Père le Pape. Cette version, en plus de deux cents lieux, sonne un latin autre que celui dans Cologne usité par nos Maîtres et Dom Joannes Pffefferkorn. On donne comme certain qu'à Rome elle est imprimée et publiquement lue avec le *Talmud* des Juifs. On infère de cela que nos Maîtres sont des trompeurs, des infâmes, parce qu'ils ont traduit à faux, ou bien des ânes, qui ne savent le latin ni l'allemand. Or, comme ils ont brûlé ce livre à Saint-Andréas de Cologne, ils devraient pareillement brûler, avec leur sentence, la décision des Parisiens, à moins de vouloir eux-mêmes passer pour hérétiques.

Je pleurerais du sang : telle est mon affliction. Qui désormais voudra étudier en Théologie et tirer à nos Maîtres la révérence due? Oyant de telles choses, qui ne voudra croire que le docteur Reuchlin est plus profond que nos Maîtres, ce qui n'est pas possible, de par Dieu. Avec cela, on écrit que, sous trois mois, viendra un jugement définitif contre nos Maîtres et que le Pape le mandera sous peine de censure très large ; que les Frères Prêcheurs devront, à cause de leur impudence, porter, brodées en blanc au dos de leur cape noire, des bésicles ou lunettes en mémoire éternelle du scandale qu'ils ont suscité et de l'injure faite au *Speculum oculare* de Dom Joannes Reuchlin, comme on assure qu'ils ont commis un crime dans la célébration de la messe en donnant le boucon à l'Empereur. Moi, j'espère que le Pape ne sera pas fol à ce point ; mais, qu'il fasse une pareille chose, nous voulons, dans tous nos couvents, réciter le psaume *Deus laudem* contre lui. Du reste, les Pères et nos Maîtres songent dès à présent aux précautions qu'il faut prendre pour obvier à ce malheur. Ils veulent impétrer du Siège Apostolique les indulgences les plus vastes, afin de colliger, en France comme en Germanie, une somme exorbitante qui leur permette de résister à ce fauteur des youtres jusqu'à sa mort, car il est vieux. Alors, ils pourront le condamner de pied en cap. Portez-vous bien. Donnez-moi de bons avis dans la mesure de vos facultés, et ne cessez pas une minute d'opérer pour le bien de la Congrégation.

XXXVI

EITELNARRABIANUS PESSENECK, GUILLELMITE CHARGÉ DE COURS, DONNE A MAITRE ORTUINUS GRATIUS DES SALUTATIONS TRÈS NOMBREUSES.

Nous sommes, par nature, enclins au mal, comme se peut lire dans les *Authentiques.* C'est pourquoi, chez les humains, on entend plus de médisances que de propos bénévoles.

Naguère, à Worms, j'ai disputé avec deux Juifs, prouvant que leur Loi fut abrogée par Christus et que leur expectation du Messias est une bourde sans alliage, un phantasme ; j'alléguai, à ce propos, le docteur Johannes Pffefferkorn de Cologne. Et les youpins de se tordre : « Votre Johannes Pffefferkorn, dirent-ils, est un exécrable mystificateur ; il ne sait pas un mot d'hébreu ; s'il s'est fait chrétien, c'est pour mettre un manteau à sa scélératesse.

« Quand il était encore Juif, en Moravie, il administra un casse-museau entre les deux yeux d'une femme, de telle sorte qu'elle ne put regarder le comptoir où se fait le change des florins. Il en barbota deux cents au moins et prit la fuite.

« Dans un autre lieu, pour un autre vol, on lui fit l'honneur d'ériger une potence. Comment fut-il délivré? nous ne le savons point ; mais nous avons vu l'engin patibulaire et force chrétiens l'ont vu comme nous, dont quelques-uns de la noblesse que je vous peux nommer. C'est pourquoi vous auriez bonne grâce à ne m'alléguer point les opinions de ce voleur. »

J'entrai dans une ire véhémente : « Vous en avez menti par le gosier, sales Juifs que vous êtes! Si vous n'étiez défendu par un privilège, ce me serait un délice de vous crêper le chignon et de vous saucer dans le caca. Vous déblatérez ainsi par animadversion contre Dom Johannes Pffefferkorn. C'est un bon et zélé chrétien, s'il en existe dans Cologne. Je le sais d'original, car souventefois, il se confesse aux Prêcheurs avec Mme son épouse. Il entend la messe pour son plaisir. Quand le prêtre élève l'Eucharistie, alors il contemple dévotement et ne fiche point ses yeux à terre, comme le lui objectent ses détracteurs, sinon quand il expue! A vrai dire, il le fait souvent : mais c'est le résultat de sa complexion grandement phlegmatique et d'une médecine pectorale qu'il ingurgite le matin. Pensez-vous donc que nos magistrats, les magistrats de Cologne, et le bourgmestre soient des niguedouilles, eux qui l'ont fait nosocome au Grand Hôpital et de plus emmineur du sel? Jamais ils n'eussent investi Dom Pffefferkorn de telles dignités s'ils ne l'avaient reconnu pour bon chrétien catholique. En vérité, je vous le dis : je dénoncerai tous vos propos à lui-même, de telle sorte qu'il puisse venger sa prudhomie et vous mécaniser à fond dans un libelle sur votre Foi.

« Vous prétendez, il est vrai, que s'il agrée à nos bourgmestres et gros bonnets, c'est à cause de sa jolie femme. Imposture que cela! Car les bourgmestres sont pourvus eux-mêmes de compagnes délicieuses. Quant aux gros bonnets, peu leur chaut des femelles ; jamais on n'a ouï-dire qu'un gros bonnet pratiquât l'adultère. Elle-même est aussi honnête matrone que pas une dans Cologne : elle aimerait mieux perdre un œil que sa bonne renommée.

« Et j'ai souvent appris d'elle ce qu'elle-même tenait de sa mère, à savoir que les mâles sans prépuce donnent aux femmes une volupté autrement délectable que les non dépréputés, à cause de quoi elle prétend que, si son mari venait à défunter, elle ne recevrait un autre homme qu'à la condition de n'avoir le membre coiffé d'aucune peau. Est-il croyable, après cela, qu'elle se fasse donoyer par les bourgmestres qui, n'ayant pas été Juifs comme Dom Pffefferkorn, ne sont point circoncis? Donc, laissez en paix cet honnête homme, faute de quoi il écrira contre vous un traité qu'il nommera *Die Sturmglock*. Ainsi fit-il contre Reuchlin. »

Veuillez montrer ceci à Dom Johannes Pffefferkorn pour qu'il se défende intégralement contre ces nez-crochus et contre Hermanus Buschius, à cause qu'il est mon ami très singulier, m'ayant fait le *mutum* de dix florins, quand je fus promu Bachelier formé en Théologie.

Donné à Vérone d'Agrippa, où Buschius et son camarade ont boulotté une fine poularde.

XXXVII

LUPOLDUS FEDERFUSIUS, PROCHAINEMENT LICENCIÉ, DONNE A MAITRE ORTUINUS GRATIUS AUTANT DE SALUTATIONS QUE LES AUQUES MANGENT DE GRAMENS.

Dom Maître Ortuinus, on a soulevé à Erfurth, pour les séances quodlibétaires[11], une question infiniment délicate dans les deux Facultés de Physique et de Théologie.

[11] Quodlibetum. *Scholasticis, pluribus abhinc seculis, de quo in utramque disseritur partem, ex eo dictum, quia* quod libet *defenditur. Hinc* Quodlibetariæ questiones *eadem notione. Vide : Vossium, lib. 3,* de Vitiis Serm. *cap. 40, ubi plerosque Scriptores Scholasticos laudat, qui* Quodlibeta *scripserunt.*

Ex hoc Scholasticorum vocabulo deducunt nostrum gallicum quolibet, *dictum mordax, acutum nonnunquam, plerumque triviale nulliusque leporis sale conditum, ideoque e politioribus colloquiis amandatum, sicut et* Quodlibetariæ quæstiones *e saniori theologia, quod curiositati fere servirent, non utilitati.*

DU CANGE, *Glossaire.*

Les uns soutiennent que, dès qu'un Juif se fait chrétien, il lui renaît un prépuce qui n'est autre chose que la gaine enlevée, au jour natal, de son membre viril, pour se conformer à la loi mosaïque.

Ceux-là marchent dans la voie orthodoxe des Théologiens. Ils ont en leur faveur des raisons magistrales. Celle-ci entre autres : Les Juifs convertis seraient, au Jugement dernier, tenus pour Juifs comme devant, si leur pénil se faisait voir décalotté, ce qui serait une grave injustice.

Or, Dieu n'entend faire d'injustice à quiconque ; *ergo*, etc. Une autre raison, qui n'est pas moins prégnante, se fonde sur l'autorité du Psalmiste qui dit : *Il m'a escondu au jour des calamités ; il m'a protégé dans le mystère.* Le jour des calamités, c'est le Jugement extrême, c'est le val de Iosephat, lorsque seront appertes les coulpes et les malversations.

Je néglige d'autres arguments par amour de la brièveté, attendu qu'à Erfurth nous sommes de notre temps et que les modernes se gaudissent toujours de la brièveté. De même, pour ceci que j'ai une mémoire labile et que je ne peux retenir par cœur d'allégations un grand nombre, ainsi qu'en usent les Doms juristes.

Mais les autres n'admettent pas que puisse telle opinion subsister. Ils ont pour eux Plantier, qui dit, en sa poéterie, que ne sauraient les faits être défaits. De ce dicton, ils infèrent que si un Juif a, dans sa juiverie, aliéné quelque parcelle de son corps, il ne la récupère aucunement dans la religion chrétienne.

De plus, ils arguent que les arguments de leurs adversaires ne concluent pas en forme. Autrement, il s'ensuivrait de leur premier sophisme que les chrétiens qui pour cause de paillardise ont égaré tout ou partie de leur estramaçon, chose fréquente chez les personnes mondaines aussi bien que spirituelles, devraient au Dernier Examen se voir taxés de judaïsme. Mais une telle assertion est hérétique au premier chef. Nos Maîtres inquisiteurs de la dépravation hérétique ne la concéderont jamais, parce que, souventefois, eux-mêmes sont défectueux quant à leur braguette, non point qu'ils se copulent avec des mérétrices, mais parce qu'aux bains ils ne regardent point ce qui se fait devant eux.

C'est pourquoi, très humblement et dévotieusement, j'obsècre Votre Seigneurie qu'elle daigne, par sa décision, établir pour moi la vérité de la chose. Interrogez la femme de Dom Johannes Pffefferkorn, avec qui vous êtes dans les meilleurs termes et qui ne se vergondera point de vous édifier sur les choses que vous voulez savoir, à cause de la conversation amicale que vous tenez avec son homme. En outre, j'ai ouï-dire que vous êtes son confesseur : donc vous la pouvez compeller sous peine de la sainte obédience. Dites lui : « Chère Madame, n'ayez point de honte ; je vous sais femme de bien autant que pas une dans Cologne ; je ne vous demande rien qui soit déshonnête, mais d'élucider pour moi la question que voici : Pffefferkorn a-t-il un prépuce ou non? Répondez sans vergogne, pour l'amour de Dieu! Pourquoi vous taire? »

Mais je ne prétends pas vous enseigner. Vous savez mieux que moi comment on se comporte avec les femmes.

Donné en coup de vent, à Erfurth, de l'hôtellerie du Dragon.

XXXVIII

PANDORMANNUS FORNACIFEX, LICENCIÉ, A MAITRE ORTUINUS GRATIUS, SALUTATION TRÈS SALUTAIRE.

Dernièrement, vous m'épistolâtes de Cologne, m'incriminant de ne pas vous écrire, d'autant plus que vous dites que vous lisez volontiers mes lettres, préférablement à celles des copains, à cause qu'elles sont d'un beau style et qu'elles procèdent en droite ligne de l'art épistolaire que j'ai reçu dans Cologne de Votre Prestance elle-même. Je vous répondrai ceci : l'invention et la matière, je ne les ai pas toujours comme à présent. Veuillez noter de plus que l'on tient ici, pour le moment, des séances quodlibétaires, que Maîtres et Docteurs viennent très adroitement à bout de leurs controverses. Ils font preuve d'une doctrine infinie à déterminer, résoudre, proposer questions, arguments et problèmes dans tout le cognoscible. Orateurs, poètes se révèlent grandement artificieux et sagaces. Parmi ceux-là, un, dessus tous les autres notable et magistral, se fait un titre de gloire des leçons qu'il leur intime. Il se proclame le poète des poètes ; il affirme qu'en dehors de lui nul poète ne saurait exister. Il a écrit un traité en vers qu'il a intitulé de façon exemplaire, mais je ne me souviens plus comment. C'est, je crois, sur l'ire et sur les coléreux.

Dans ce traité, il houspille force Maîtres et des poètes, ses confrères, à qui furent les récitations inhibées dans l'Université, à cause que leur art y sembla trop cochon. Mais les Maîtres lui ripostent sous le nez qu'il n'est pas tant merveilleux poète comme il se plaît à le dire et lui font de la contradiction sur plus d'un point. Vous leur servez de preuve, car il est manifeste que vous êtes bien autrement profond que ce quidam en l'art de poéterie.

Avec cela, ils démontrent encore qu'il n'est pas bien fondé quant au nombre de la syllabaison, comme elle est déterminée par Maître de la Villedieu (*3e partie*), que le garçon ne paraît pas avoir suffisamment étudiée, et nos Maîtres déduisent contre son postulat par de multiples raisons. Votre nom d'abord, et ceci doublement : 1° cet individu prétend être un poète plus que Maître Ortuinus, et son nom, toutefois, ne le comporte point. Véritablement Ortuinus notre Maître est surnommé « Gratius » à cause de la supernale grâce qu'on appelle grâce gratis donnée. Car autrement vous ne pourriez écrire de si profonds *dictamen* poétiques, faute de cette grâce à vous gratis donnée par l'Esprit Saint qui souffle où bon lui semble et que vous impétrâtes par votre humilité. Dieu, en effet, résiste au superbe et prodigue sa grâce aux humiliés. Ceux qui lisent et entendent votre poésie proclament cette chose, du haut de leur conscience, que vous êtes sans pair. Ils admirent que le poète en question puisse être à un tel point insipide et irrévérencieux qu'il se targue sur vous, quand un enfant comprendrait que vous précellez sur lui autant comme Laborinthus domine Cornutus.

Nos maîtres se proposent d'ailleurs de colliger vos *dictamen*, de veiller à l'impression des choses que vous avez écrites çà et là, dans différents traités, par exemple dans celui de notre Maître Arnoldus de Tongres, régent suprême du collège Laurentius, dans le *Traité des propositions scandaleuses*, de Joannes Reuchlin, dans le *Sentiment parisien*, sans compter les nombreux libelles de Dom Johannes Pffefferkorn qui fut jadis Israélite et s'est rendu présentement le meilleur chrétien. Faute de quoi, ils appréhendent que vos poèmes soient perdus. Ils disent que ce serait le plus grand scandale de ce temps et péché mortel si pareils ouvrages se périmaient par négligence ou manque d'impression. Ils vous prient en même temps, Nosseigneurs Maîtres, de daigner leur adresser votre *Apologie* contre Joannes Reuchlin, dans laquelle vous saboulez comme il faut ce présomptueux Docteur qui a le front de tenir tête à un quatuor d'Universités ; ils se proposent d'en lever une minute et de vous la retourner incontinent.

Les adeptes de cette argumentation probatoire sont : Maître Joannes Kirchberg, mon ami très singulier, promu en même temps que moi ; Maître Joannes Hungen, mon ami très affectionné ; Maître Jacobus de Nuremberg, Maître Jodocus Vürzheym et beaucoup d'autres Maîtres encore, mes amis très dignes et vos fauteurs imperturbés.

Ce nonobstant, d'autres contestent la preuve, disant que la manière en est à la vérité fort subtile et conclut magistralement ; mais qu'elle ne donne pas dans votre tour d'esprit, à cause que cela sonnerait avec trop de superbe lorsque vous diriez : « Voici donc, Messeigneurs, que je suis nommé *Gratius*, pour la supernale grâce dont Dieu me guerdonna aussi bien dans la poéterie que dans tout le cognoscible. » Cela répugnerait à votre humilité par quoi vous obtîntes la susdite grâce et serait opposé dans l'adjectif. Car la grâce d'en haut et la superbe ne vivent pas d'accord chez un même sujet. Or, la grâce d'en haut est vertu et la superbe vice, qui ne s'amalgament point, par cette raison qu'il est dans l'essence d'un des contraires de mettre l'autre en fuite, de même que chaleur expelle frigidité. Notre Maître et poète, selon Petrus Hispanus, est celui qui affirme que la vertu est par le vice contrariée. Il existe conséquemment une raison beaucoup meilleure pourquoi il est nommé « Gratius ». Le nom vient des Gracchus (une lettre s'étant perdue afin d'améliorer la consonance), Romains desquels on apprend, dans les histoires des Romains, qu'ils furent, ces Gracchus, de fort notables orateurs et poètes, que Rome n'en eut point de comparables, en ce temps ; telle fut leur profondeur en poésie tout comme en rhétorique! On lit, en outre, qu'ils furent de voix molle et suave, non claironnante et stertoreuse, mais charmeresse comme la flûte aux sons de quoi ils préludaient à l'éloquence et débitaient l'exorde musical de leurs *dictamen*. A ces causes, le peuple les écoutait dans une extrême dilection et leur donna sur tous autres la première louange dans cet art. C'est donc en mémoire de ces Gracchus que Maître Ortuinus fut cognominé Gratius. Or, nul ne l'égale en poésie et nul ne se compare à lui pour l'accortise de la voix. Et sur tous il l'emporte comme ces Gracchus l'emportèrent sur la foule de tous les poètes romains. Donc, pour ces motifs, en conséquence, devrait s'humilier et se taire le poète en question de Wittemberg. Il ne manque pas de profondeur, mais, au regard de vous, c'est un gamin.

Ceux qui adoptent cette manière de prouver sont mes amis très cordiaux : Eobanus le Hessois, Maître Henricus Urbanus, Ricius Euritius, Maître Georgis Spalatinus, Ulrichus Huttenus et, par-dessus tels compagnons, docteur Ludovicus Misotheus mon seigneur, mon ami et votre défenseur.

Vous plaise m'écrire ceux qui marchent dans la meilleure voie et m'informer de la vérité. Quant à moi, je veux célébrer pour vous une messe aux Prêcheurs, afin que vous puissiez vaincre le docteur Reuchlin qui vous qualifia mal à propos d'hérétique pour avoir écrit dans vos poèmes : *Pleure de Jovis la mère féconde.* Portez-vous bien, dans une extrême sauveté.

De Wittemberg, dans la retraite de Maître Spalatinus qui vous adressa autant de saluts qu'il se chante d'alleluia entre Pâques et Pentecôte. Derechef portez-vous bien et riez toujours.

XXXIX

NICOLAUS LUMINATOR A DOM MAITRE ORTUINUS AUTANT DE SALUTATIONS QUE, DANS UN AN, IL NAIT DE PUCES ET DE MOUCHERONS.

Scientifique précepteur, Maître Ortuinus, je vous rends plus de grâces que je n'ai de poils sur tout le corps, pour le conseil que vous me donnâtes de me rendre à Cologne et de pousser mes études au collège Laurentius. Mon père fut absolument satisfait. Il me bailla dix florins et m'acheta une cape majeure avec un lyripipion de couleur noire. Le premier jour de mon entrée à l'Université, ayant acquitté mon béjaune[12] dans la susdite bourse, un trait me fut conté que je ne voudrais pas ignorer même pour dix blancs.

[12] *BEANUS, nodellus studiosus qui ad academiam nuper accessit :* Beanus *est animal nesciens vitam studiosorum (*Epistolæ obscurorum virorum*). Vox Gallica* béjaune, *quasi* bec jaune, *ut sunt aviculæ quæ nondum e nido evolarunt.*

DU CANGE, *Glossaire.*

Une manière de poète, un certain Hermannus Buschius, vint à ce collège, ayant quelque affaire avec un Régent collatéral. Alors, ce Maître lui donna la main, l'accueillit révérencieusement et lui dit : « Comment se fait-il que la mère du Seigneur vienne jusques à moi? » Et Buschius de répondre : « Pour peu que le Seigneur nôtre n'ait pas eu pour mère une plus belle que moi, certes la mère du Seigneur fut un insigne laideron. » Il n'avait pas entendu la subtilité de cette allégorie et la fine rhétorique dont son interlocuteur enveloppait le discours. Je me flatte d'apprendre encore dans cette inclyte Université beaucoup de choses non moins utiles que ce notable propos. J'ai acheté, ce jourd'hui, le programme des cours ; demain, je dois argumenter dans une dispute de collège sur la question que voici : *La matière première est-elle l'Être en acte ou en puissance?*

A Cologne, du collège Laurentius.

XL

HERBORDUS MISTALDERIUS A MAITRE ORTUINUS, INCOMPARABLE EN DOCTRINE, SON PRÉCEPTEUR TRÈS SPIRITUEL, TANT DE SALUTATIONS QUE NUL NE LES PUISSE COMPTER.

Très illuminé Maître! quand à Zwoll, j'ai quitté Votre Seigneurie, il y a deux ans, vous me promîtes, en me donnant la main, de m'écrire souventefois et de m'enseigner, par vos *dictamen*, la manière de dicter. Or, vous ne m'écrivez même pas si vous êtes vivant ou non. Vous ne m'écrivez même pas pour m'apprendre ce qui est et la façon et le comment de ce qui est. Saint Dieu! comment pouvez-vous me désoler ainsi? Je vous obsècre! au nom de Dieu et de Saint Georgius, délivrez-moi d'une telle inquiétude. Je tremble que vous n'ayez mal de tête sinon quelque infirmité dans le ventre, la cacarelle par exemple, comme ce jour où vous conchiâtes vos souliers en pleine rue et sans vous apercevoir de la chose, jusques au temps qu'une femme vous eut dit : « Seigneur Maître, dans quelle merde vous êtes-vous assis! Voici que votre robe et vos pantoufles sont toutes pleines de bran! » Alors, vous gagnâtes la maison de Dom Johannes Pffefferkorn. Sa femme vous donna des effets de rechange. Il vous serait bon de manger œufs durs, châtaignes rôties au four et fèves cuites saupoudrées avec de la graine de pavot, comme on les accommode en Westphalie, votre pays natal.

J'ai rêvé de vous, que vous teniez un méchant rhume et des phlegmes abondamment. Du sucre, purée de pois relevée de thym et d'ail pilés ensemble ; poser sur votre ombilic un oignon trop cuit. Et, pendant six jours, abstenez-vous de femmes. Couvrez soigneusement vos lombes et votre chef ; la guérison ne tardera guère. Ou bien encore, prenez la recette que donne souvent aux langoureux l'épouse de Dom Johannes Pffefferkorn. C'est un remède plusieurs fois éprouvé.

De Zwoll.

XLI

VILIPATIUS D'ANVERS, BACHELIER, DONNE A SON AMI TRÈS SINGULIER, MAITRE ORTUINUS GRATIUS, LE PLUS GRAND DES SALUTS.

Vint à moi un religieux de l'Ordre des Prêcheurs, disciple de notre Maître Jacobus de Hoogstraten, Inquisiteur de la dépravation hérétique. Il me salua. Tout de suite, je l'interrogeai : « Que fait mon ami très singulier, Maître Ortuinus Gratius, de qui j'ai appris tant de choses dans la logique et dans la poésie? » Il me répondit que vous êtes infirme. Du coup je m'abattis par terre à ses pieds, évanoui de peur. Il m'arrosa d'eau froide, me chatouilla les génitoires et me suscita péniblement. Je repris alors : « O combien vous me terrorisâtes! Quel est donc le mal dont il pâtit? » Il m'a répondu que votre mamelle droite est enflée et vous torture de pointes lancinantes, que la douleur vous empêche de travailler. Alors j'ai retrouvé mes esprits disant : « Ah! ce n'est pas autre chose! Je peux guérir cette infirmité ; j'en aurai l'art que je dois à mon expérience. »

Pourtant, Seigneur Maître, oyez d'abord et sachez me dire d'où provient ce mal. Quand des femmes impudiques prospectent un bel homme tel que vous, c'est-à-dire aux cheveux cendrés, aux yeux bruns ou pers, à la face rubiconde, au nez avantageux, de plus, solidement corporé, elles grillent de coucher avec.

Mais quand c'est un homme de mœurs sévères, qualifié comme vous pour son esprit, qui n'a cure de leurs fallaces et de leurs vanités, elles ont recours aux arts de la magie. Elles prennent un balai pour hippogriffe ; elles chevauchent sur cette escoube vers le beau mâle objet de leur désir. Elles ont commerce avec lui pendant qu'il dort ; il n'éprouve de sensations qu'en rêve. Certaines se transforment en chattes, en oiselles, sucent par les tétons le sang de leur ami et le rendent à ce point infirme qu'il peut à peine cheminer soutenu par un bâton. Je pense que le Diable lui-même leur apprit cet art. Ce néanmoins, il nous faut obvier au sortilège d'après les indications que j'ai puisées dans un grimoire très ancien, *Librairie des Maîtres*, à Rostock. Je les expérimentai par la suite et n'eus qu'à me louer de leurs vertus.

Le jour dominical, nous devons prendre un peu de sel bénit, faire une croix sur la langue avec ce sel, puis le manger d'après ce mot de l'Écriture : *Vos estis sal terræ*, c'est-à-dire : vous mangez le sel de la terre[13] ; ensuite, faire une croix sur la poitrine, une autre sur le dos ; de même en verser dans les oreilles, toujours avec une croix, et prendre garde qu'il ne tombe ; ensuite, éjaculer cette oraison dévote : *Dom Jésus Christus et vous les quatre Évangélistes, gardez-moi des putains dommageables et des incantatrices, de peur qu'elles ne boivent mon sang et ne m'endolorissent les mamelles ; de grâce, faites-leur échec! Je vous donnerai comme offrande un riche et bel aspersoir.*

[13] Jeu de mots sur les verbes *esse*, être et *esse*, manger. *Estis sal*, vous êtes le sel, confondu avec *estis sal*, vous mangez le sel.

Alors, vous serez délivré. Si les stryges viennent derechef, c'est leur propre sang qu'elles aspirent ; elles s'affaiblissent à qui mieux mieux.

Au surplus, comment va votre affaire avec le docteur Reuchlin? Les Maîtres disent ici qu'il vous a rembarré. Je ne saurais admettre, quant à moi, qu'un tel homme l'emporte sur nos Maîtres. Et je m'étonne grandement que vous n'écriviez pas un *dictamen* contre lui. Portez-vous bien superéternellement. Saluez Dom Johannes Pffefferkorn avec son épouse, dites-leur que je leur souhaite plus de paillardes nuits que les astronomes ne comptent de minutes.

A Francfort-sur-l'Oder.

XLII

ANTONIUS N..., QUASI-DOCTEUR EN MÉDECINE, AUTREMENT DIT LICENCIÉ ET BIENTOT PROMU DONNE LE BONJOUR A TRÈS SPECTACULEUSE PERSONNE, MAITRE ORTUINUS GRATIUS, SON PRÉCEPTEUR GRANDEMENT VÉNÉRABLE.

Précepteur très singulier, d'après ce que vous m'avez écrit naguère que je vous dois faire tenir des nouvelles, sachez que tout dernièrement je suis allé d'Heidelberg à Strasbourg pour y faire emplette de certaines drogues ou produits afférents à nos manipulations pharmaceutiques. Vous savez de quoi il retourne apparemment, puisque c'est la coutume aussi de vos apothicaires, tel ou tel article manquant dans leur officine, de gagner une autre ville pour acquérir ce qui est nécessaire à la pratique de leur art. Mais passons.

Arrivé à Strasbourg, m'accosta un bon ami, grandement favorable à moi et que vous connaissez bien pour ce qu'il fut longtemps à Cologne sous votre férule. Avant tout, il me parla d'un quidam, un certain Erasmus de Rotterdam que j'ignorais auparavant, homme très docte dans tout le cognoscible et dans tous les genres de science. Il me dit que, pour l'heure, il résidait à Strasbourg ; je ne voulus pas le croire et ne le crois pas encore pour ce qu'il ne me paraît pas possible qu'un homme rabougri comme il est connaisse tant de choses. Je priai donc celui qui me faisait ce ragot abondamment circonstancié de m'introduire auprès de cet Erasmus, à telles enseignes que je le pusse fréquenter. J'avais certain carnet que j'intitule *vade mecum* en médecine, que j'ai accoutumé de porter sur moi, quand je déambule à travers champs, soit pour visiter les malades, soit pour acheter du matériel. On trouve dans ce *compendium* des questions subtiles et diverses touchant la matière médicale. J'énucléai dedans une question avec toutes ses remarques, ses arguments pour et contre. Armé de la sorte, je pouvais me présenter devant le personnage, qu'on proclame tant docte, et, d'original, éprouver s'il entend, oui ou non, quelque chose en médecine.

Quand j'eus parlé à mon ami de ce projet, il ordonna une collation très recherchée à quoi il pria des théologiens spéculatifs, des prudents très splendides et moi-même, comme praticien en médecine, quoique indigne. Après qu'ils se furent assis, longtemps ils se turent, nul ne voulant ouvrir le feu par convenance et modestie. Alors, je stimulai mon plus proche voisin en faveur de qui, par les dieux saufs! le vers suivant me chanta aussitôt dans la mémoire :

Conticuere omnes...

Ce vers m'est toujours présent, à cause que j'ai peint, quand vous nous exposiez Virgilius en son *Énéis*, un bonhomme qui porte un verrou sur la bouche, pour faire, suivant vos recommandations, une marque à mon livre. Cette citation venait à point puisqu'on disait que l'Erasmus, ce scientifique, était poète par surcroît. Comme nous nous taisions à l'envi, lui-même se mit à discourir dans un long préambule. Pour moi, je n'ai pas entendu un seul mot, ou bien je ne suis pas sorti d'un ventre légitime, à cause qu'il a une toute petite voix. J'estime cependant qu'il parla de Théologie, faisant cela pour attraire un de nos Maîtres, homme extraordinairement profond, qui popinait avec nous. Puis, quand il eut achevé son préambule, notre Maître se mit à disputer, en manière très sagace, de l'*Être* et de l'*Esprit*. Inutile de répéter son discours, vous-même ayant traité à fond cette matière. Quand il eut fini, Erasmus lui répondit en peu de mots et tout le monde se tut derechef.

Alors, notre hôte, qui est bon humaniste, se mit à parler de la poéterie et loua copieusement Julius Cæsar pour ses écrits et pour ses gestes. Lorsque j'entendis cela, je fus bien aise, à cause que, pendant mes études à Cologne, j'ai lu et appris de vous de nombreuses choses à propos de poésie. J'ai pris la parole. « Puis donc que vous commencez à discourir de la chose poétique, je ne me peux dérober plus longtemps. Je dis simplement que je ne crois pas que Cæsar ait écrit ses *Commentaires* et je veux corroborer mon assertion par un argument qui tinte comme suit. Quiconque s'adonne au métier des armes, ayant de soutenus labeurs, ne peut apprendre le latin. Or, Cæsar fut toujours dans les guerres et les plus grands travaux. Il ne lui fut pas possible d'accéder à l'érudition et d'apprendre le latin. En vérité, je pense que nul autre que Suetonius n'écrivit ces *Commentaires* à cause que je ne vois personne ayant, plus que Suetonius, une manière identique au style de Cæsar. » Quand j'eus dit cela et bien d'autres paroles que j'omets ici pour abréger, car vous connaissez le vieux dicton : *Les modernes se gaudissent de la brièveté*, Erasmus se prit à rire et ne répondit rien parce que je l'avais terrassé par la subtilité de mon argumentation. Nous terminâmes ainsi le colloque et le goûter. Je ne voulus point lui proposer ma question médicale parce que je savais que lui-même ne la saurait pas, puisqu'il ne savait pas même résoudre mon argument sur la poésie, encore qu'il fût poète ou soi-disant tel. Et je dis, par Dieu! qu'il n'est pas aussi calé qu'on veut bien nous le faire croire. Il n'en sait pas plus long qu'un autre homme. Je concède néanmoins qu'en poésie il emploie un beau latin. Mais qu'est-ce que cela prouve? Dans un an, on peut apprendre ces choses. Mais les sciences spéculatives, comme Théologie ou Médecine, veulent d'autres efforts. Il se flatte aussi d'être théologien. Mais, bon précepteur! quel théologien? Un théologien simple, qui travaille uniquement autour des mots et ne goûte pas à fond les choses intérieures. Supposez (je veux faire une très belle comparaison) un olibrius voulant manger des noix, qui ne mâcherait que la coquille et rebuterait l'amande.

Il en est de même quant à ces particuliers, pour mon intellect obtus ; mais vous, certes, vous avez beaucoup plus de comprenette que votre serviteur, puisque j'entends dire que vous êtes déjà prêt à recevoir les ornements doctoraux en Théologie, à quoi Dieu et la Sainte Génitrice vous daignent promouvoir. Mais, pour ne parler que de moi, afin de ne pas m'étendre au delà des bornes que je me suis proposées, j'affirme que je peux, en une semaine, gagner, avec mon art (si toutefois Dieu me concède une foule d'ægrotants), plus qu'Érasme ou tout autre poète dans une année entière. Que cela suffise pour l'instant, qu'ils mettent cela dans leurs poches, car je fus, par Dieu! extrêmement irrité. Une autre fois, je vous écrirai plusieurs nouvelles. Vivez et portez-vous bien, aussi longtemps que peut vivre un phénix, ce que vous accordent tous les Saints de Dieu. Aimez-moi encore comme vous m'avez toujours aimé.

Donné à Heidelberg.

XLIII

GALLUS LINITEXTOR DE GUNDELFINGER, CHANTRE PARMI LES BRAVES COMPAGNONS, A MAITRE ORTUINUS GRATIUS, SON PRÉCEPTEUR CHÉRI DE PLUSIEURS MANIÈRES, SALUT.

Révérend Dom Maître, comme vous m'avez écrit à Eberburg une lettre solacieuse dans laquelle vous me consolez, — ayant appris que je fus malade, — parconséquent je vous ai une gratitude sempiternelle. Mais, dans cette épître, vous manifestez quelque surprise de me savoir malade quand je n'ai pas de travaux pénibles, comme tous ceux que l'on répute sans travail, en d'autres termes, domestiques des seigneurs. Ha! ha! ha! il me faut rire, ou que je sois bâtard! de la question que vous me faites avec tant de simplicité. Ne savez-vous pas que cela dépend de la volonté de Dieu qui peut, à son gré, faire un malade, et derechef le guérir, quand bon lui semble? Si la maladie provenait de la besogne, cela pour moi n'irait pas bien, encore que vous affirmiez que je ne travaille guère. Car je me suis trouvé naguère à Heidelberg, en compagnie de gais lurons. Il m'a fallu peiner grandement du col, c'est-à-dire humer le pot si bien qu'on peut tenir pour miraculeux que j'aie encore mon gosier sec. Et vous croyez que ce n'est pas de la belle ouvrage! Que cette riposte suffise à votre premier point.

Vous me dites, en second lieu, que je ferai bien de vous mander n'importe quel petit livre où se trouve quelque chose de neuf qui se puisse montrer aux béjaunes. Comme en toute circonstance vous me fûtes gracieux, eu égard aux disciplines de tout genre que vous savez par cœur, je ne peux me tenir de vous adresser une lettre détachée d'un bien bel ouvrage qui se nomme : *Épistolaire des Maîtres de Leipzig*, à quoi les Maîtres les plus dispos de l'inclyte Université de Leipzig ont, tour à tour, collaboré. J'ai fait cela pour, si cette première lettre vous agrée, vous envoyer tout le livre dont je ne me dessaisis qu'à contre-cœur.

Cette lettre débute ainsi :

XLIV

MAITRE CURIO, RÉGENT DOYEN AU COLLÈGE HENRICUS DE LEIPZIG, DONNE LE BON VÊPRE A MATHIAS DE FALKENBERG, GENTILHOMME DE VIEILLE NOBLESSE, ET, DEPUIS CINQUANTE ANS, SON TOUJOURS INSÉPARABLE AMI.

Puisque, en vérité, il y a déjà longtemps que nous ne fûmes ensemble, il me paraît bon de vous écrire un peu afin que notre amitié ne dépérisse point. J'ai reçu de nombreuses gens l'assurance que vous vivez encore, ferme sur vos rognons, lisant à livre ouvert, comme au temps de votre jeunesse, et, par le saint Dieu! j'ai appris ces choses en grande hilarité. Mais que ce Dieu bon me pardonne d'avoir juré comme un charretier. Lui plût, ainsi qu'à Dame Maria, que vous pussiez chevaucher et venir à nous! Dire que vous ne montez plus à cheval aussi commodément que par le passé, quand nous étions ensemble à Erfurth et dans telles autres parties de la Saxe, où j'ai bien souvent admiré votre prestance lorsque vous enfourchiez un étalon!

Grande fut ma peur, quand j'ai su que les habitants de Worms étaient en procès avec un gentilhomme, que vous ne fussiez engagé dans son affaire, à cause qu'une ancienne famille comme la vôtre a des alliances chez presque tous les nobles du pays. Quand vous étiez jeune, ce n'étaient que zeches[14], *compotations et haute école avec les gars de la contrée, à l'occasion de quoi, souvent, je vous ai morigéné. Mais, comme tout va bien jusqu'ici, nous voulons rapporter au Dieu Iesus les grâces méritées, pour être, si longtemps, demeurés sains et saufs.*

[14] Allemand : *Zeche* « écot », « festin », en mauvaise part « orgie ». Cela ne s'entend plus, aujourd'hui, que de la carte à payer dans les restaurants.

Je suis estomaqué fortement que vous n'ayez oncques songé à écrire, malgré que vous ayez pour Leipzig des messagers nombreux et sachant fort bien que je n'ai point cessé de l'habiter. Je ne saurais être paresseux comme vous. Je vous épistole donc, car j'épistole de bon cœur. Depuis notre dernière entrevue, j'ai plus de vingt fois écrit à des hommes doctes mes égaux. Mais je passe l'éponge sur cette erreur tout comme sur les autres.

Seigneur noble, j'aurais voulu que vous fussiez dernièrement ici avec nous, quand le Sérénissime Prince de Saxe solemnisa son mariage dans Leipzig. Nous eûmes un très beau ballet avec des entrées de chant où furent conviés force gentilshommes. Je fus délégué à ses noces en même temps que notre Recteur de Leipzig, comme il est d'usage. Nous avons popiné une large coupe avec des florins jusqu'au bord. Nous sommes restés là deux jours ; nous avons fait carrousse et, gaiement, nous nous sommes restaurés à table par le boire et le manger. Avec moi était un famulus *qui avait apporté deux marmites. Il a bien su me trouver où j'étais assis et poser sous mon escabeau les récipients. Alors, nous eûmes un vin de tout premier ordre ; vous le connaissez bien et n'ignorez pas ce qu'il vaut. Il est très délectablement délectable ; je l'ingurgite avec tant de plaisir qu'il me fait la tête ronde et qu'au sortir de table, je me fous à chahuter. J'ai donc pris une marmite où j'ai transvasé quelques fioles de ce jus, le remisant après sous la table, uniquement pour ne pas mourir de soif, notre chemin faisant.*

Ensuite, parmi d'autres ragoûts de toute espèce, nous eûmes un insigne hochepot, avec maintes gallines, farcies de bonnes choses. Alors je ramenai la seconde marmite ; je la garnis d'une poularde entière, afin que le magnifique Dom Recteur et moi eussions de quoi goûter en route. Ce petit travail mené à bien, je dis à un nobilis *: « Monsieur le gentilhomme, vous plaît-il siffler mon valet? j'ai quelque chose à lui dire. » Quand il m'eut rendu ce bon office et mon valet debout auprès de moi : «* Famulus, *dis-je, viens ici et ramasse mon couteau qui a roulé sous la table » (je l'avais naturellement fait tomber exprès). Alors il se coula sous la table, mit adroitement le couteau et les marmites sous son froc, le tout si parfaitement distillé que les gens n'y virent que du feu.*

O Sainte Dorothea! si vous eussiez fait route de compagnie avec nous, quand nous retournâmes à Leipzig, comme notre bombance eût été joyeuse! J'ai encore boulotté pendant deux jours les débris de ces reliefs, à cause que nous n'avons pu manger nos provisions en cours de route.

Je vous écris cela parce que je sais que vous avez aussi fréquemment escamoté sous le manteau, dans vos chausses ou dans le sac. Vous le faisiez communément lorsque nous vivions encore ensemble et c'est de vous que j'ai appris cette gentillesse. En bonne foi, c'est un talent fort agréable et je ne voudrais pas, au prix même de cent écus d'or, en être dépourvu. On m'a dit récemment que vous avez, dans votre patelin, un beau verger plein de fruits, poires, pommes et raisins. Quand vous allez à votre auberge, parce que vous ne dînez point à domicile, vous portez un grand carnier dans quoi vous escamotez du pain blanc, des oiseaux rôtis et des viandes, le tout de si bonne grâce que nul ne s'en aperçoit. Je m'en étonne, mais je le crois parce que vous avez eu un long apprentissage et que l'apprentissage fait l'artiste, comme dit le Philosophe au neuvième livre de la Physique. *J'ai appris aussi que vous aviez une fumelle qui n'y voit pas fort bien d'un œil. Ce que j'admire le plus, c'est que vous puissiez encore être homme pendant la nuit, à l'âge que vous avez ; mais ce qui m'ébahit complètement, c'est que votre cas demeura bandé pendant six semaines entières, sans qu'il vous fût possible de le décourager, phénomène qui, d'après vous, résultait de maladie. Nom de Dieu! si j'avais une infirmité pareille, je voudrais être le plus recherché des galants! Mais, croyez-moi, je ne peux plus besogner comme dans mes vertes saisons. Il y a quatre semaines que j'ai foutu à la porte ma cuisinière, tant il y a belle lurette que j'ai cessé de culeter.*

Voici encore une requête dont il me faut vous saisir, premier que de conclure. Si vous avez quelque enfant ou consanguin, si vous connaissez un bon ami qui possède l'un ou l'autre et soit dans le propos de le faire étudier, envoyez-moi ici à Leipzig vos jeunes élèves. Nous avons un grand nombre de Maîtres fort savants. La pitance du collège ne laisse rien à désirer. Tous les jours, matin et soir, on met sept plats sur table. Le premier s'appelle « toujours », en allemand : grütz *; le second, « continuellement »,* eei supp *; le troisième, « chaque jour », c'est-à-dire* muss *; le quatrième, « fréquemment », autrement dit* mager fleisch *; le cinquième,* raro, *ou bien* gebratens *; le sixième, « jamais », à savoir* kaes *; le septième, « quelquefois », qu'on peut traduire par* apffel *und* birn.

Avec cela, nous avons une potion de tout repos qu'on appelle conventum. *Qu'en dites-vous? Et cela ne suffit-il point?*

Nous gardons le même ordre pendant toute l'année, avec de grands éloges et l'assentiment de tous. Cependant, nous n'avons pas dans nos cellules extraordinairement de quoi manger. Cela manquerait un peu de décorum et nos Suppôts ne voudraient plus en fiche un clou. C'est pourquoi j'ai gravé sur toutes les portes de nos habitations les deux vers que voici :

La règle de la Collégiale est en tous temps égale :

Porte des victuailles avec toi, si tu veux manger avec moi.

Mais en voilà bien assez pour ne pas vous paraître superflu. Vous voyez que je suis poète à mes heures.

Donné en grande hâte à Leipzig, sous le ciel couleur de blave[15]. *Portez-vous bien avec votre particulière, comme l'abeille sur le thym ou le poisson dans les ondes. Encore une fois, portez-vous bien.*

[15] Bleuet. Cf. Cotgrave (*Blave* et *blate*). Rob. Estienne et Ménage (*Blaveolles* et *blavet*), c'est la fleur inhérente au blé *blavium.*

LACURNE.

Voyez à présent, Dom Maître Ortuinus, si cette épître vous agrée. Alors, je vous en ferai tenir plein un livre, à cause qu'elles sont très bonnes, tout au moins d'après mon débile génie ; et voici que je ne peux vous écrire davantage. Portez-vous bien dans Celui qui créa toutes choses.

Donné à Ebersberg : Je voudrais que vous y fussiez avec moi, ou le diable m'emporte! le sixième dimanche entre Pâques et Pentecôte.

XLV

ARNOLDUS DE TONGRES, NOTRE MAITRE EN LITTÉRATURE SACRÉE, DONNE LE BONJOUR A MAITRE ORTUINUS GRATIUS.

Vénérable Dom Maître, je suis vexé au delà de toute vexation. Je comprends à l'heure qu'il est combien est véridique cet adage des poètes : *un malheur ne vient jamais seul*, de quoi je vous ai fourni la preuve. Je suis déjà valétudinaire et sur mon état de maladie se greffe une angarie qui n'est pas petite. La voici :

Tous les jours, accourent vers moi des hommes. Il en est même d'autres qui m'écrivent de différentes provinces, car je suis universellement connu pour le libelle que j'ai publié, comme vous le savez, contre l'*Apologie* de Reuchlin. Ces gens-là disent ou écrivent qu'ils sont ébaubis que nous ayons délégué Johannes Pffefferkorn, juif maquillé de christianisme, à la défense de notre Foi ; qu'il est bizarre de le voir prendre parti dans cette cause, écrire en notre nom comme au sien propre et tarabuster Joannes Reuchlin. Il recueille ainsi la notoriété, cependant que nous rédigeons les actes de cette polémique. Il les publie en son nom. Or, tout cela est vrai ; j'en suis moi-même tombé d'accord, l'ayant déclaré en confession. On dit même qu'il vient de compiler une brochure nouvelle qu'il nomme en latin *Défense de Johannes Pffefferkorn contre Joannes Reuchlin*. Dans ce factum, il débobine toute l'affaire, depuis A jusqu'à Z ; il a, de plus, teutonisé sa diatribe à l'usage du public. Oyant cela, j'ai répondu tout simplement qu'il n'y a pas un mot de vrai dans cette histoire, du moment que je n'en suis pas informé. Si Pffefferkorn était coupable de ce geste, alors, par Dieu! ce serait un furieux scandale qu'il ne m'en ait pas instruit d'abord et ne m'ait pas consulté, premier que de le faire. Peut-être ne se recorde-t-il plus de moi depuis qu'il me sait malade. S'il m'avait questionné, j'eusse répondu que le geste était bon pour une fois, sachant que nous ne gagnons pas à la controverse : car Joannes Reuchlin rebiffe toujours, parce qu'il a le Diable au corps. Néanmoins, si Pffefferkorn s'est avisé d'écrire, je sollicite diligemment votre intervention pour empêcher que sa diatribe ne paraisse ; vous en êtes le correcteur.

Secondement, j'ai appris, ce dont je ne me saurais douloir d'une pareille véhémence, que (révérence parler) vous donnâtes à la servante de l'imprimeur Quentels force coups de votre lardoire, tant que le ventre lui a levé. La chose est, ce dit-on, absolument incontestable. Quentels a pardonné, mais il n'a plus voulu souffrir la donzelle chez soi. Elle est, à présent, dans sa maison et ravaude à neuf les habits hors d'usage. Je vous demande, au nom de la très grande charité que nous eûmes toujours l'un pour l'autre, de m'écrire si cela est vrai ou non, parce que, depuis longtemps, je souhaite besogner la petite. Jusqu'ici, je m'en étais gardé, à cause que je craignais qu'elle eût encore son pucelage, mais si, en réalité, vous lui fîtes la chosette et que vous n'y trouviez pas d'inconvénient, nous pourrons alternativement larder cette jeunesse, moi aujourd'hui, vous demain, attendu que les plus qualifiés doivent prendre le pas, que je suis Docteur et vous Maître, sans que, pour cela, je vous contemne le moins du monde. Nous garderons le secret et nous la nourrirons avec son produit, à frais communs. Je suis certain qu'elle acceptera de grand cœur et sera fort satisfaite. Même si, depuis quelque temps, je l'avais lardée avec assiduité, à coup sûr je serais plus gaillard. J'espère néanmoins que je vais purger mes rognons dans son bas-ventre afin de récupérer la santé. Là-dessus, portez-vous bien. Si je n'avais été mal en point et trop débile pour me déplacer, j'eusse été vous voir plutôt que de vous écrire. Ce néanmoins, ne manquez pas de me donner réponse.

En hâte, dans notre collège du Mont.

XLVI

JOHANNES CURRIFEX D'AMBERG A ORTUINUS GRATIUS DE DEVENTER, NOMBREUSES SALUTATIONS.

Puisque vous m'avez écrit naguère afin d'enquerre comment je vivote à Heidelberg et de vous marquer aussi comment les Docteurs et les Maîtres se plaisent en ce lieu, apprenez donc, *primo*, qu'aussitôt arrivé dans Heidelberg, je me suis fait marmiton au collège, ce qui me donne la table gratuite et même quelque argent pour mon salaire. Je peux, de la sorte, achever mes études et me pousser à la Maîtrise. Ainsi travaillait Henricus le Pauvre. Il n'avait ni livre ni papier, mais il écrivait tout sur sa peau. De même se nourrit Plautus, qui portait les sacs au moulin comme un baudet et qui s'évada par la suite, devenu très docte et s'étant fait l'auteur de proses et de vers.

Or, pour que vous sachiez quels hommes doctes sont ici, je veux d'abord vous parler des plus qualifiés et, successivement après, de tous les autres. Le philosophe dit au chapitre premier de la *Physique* : *Des universaux, il faut procéder aux individus.* Et Porphyrius, de même, descend du genre le plus œcuménique à l'espèce la plus quidditive, où Plato enjoint de se reposer. Donc, c'est par les plus qualifiés que se doit engrener la dénomination, comme l'affirme le Maître gentil, au second chapitre de l'*Ame.*

Parmi tous les Docteurs en Théologie, il en est un qui fait fonction de notre prédicateur. Il a une voix de buccin, encore que nabot. Les hommes se plaisent à l'ouïr prêcher ; ils gagnent à ses sermons, car il est savant, de par Dieu! et docte au superlatif ; c'est moi qui vous le dis. Beaucoup viennent l'entendre parce qu'il est délectable et mécanise les ventrus dans l'ambon ou le cancel. Je l'ai entendu un jour développer cette question du livre des *Analytiques postérieures* d'Aristoteles, à savoir : *ce qui est,* est, *et pourquoi cela est-il, et pour quels motifs cela est-il?* Merveilleusement, il a su déduire en vulgaire tant de subtilité.

Une autre fois, il a discouru sur la virginité, disant que les filles qui perdent leur membrane ont accoutumé de donner pour excuse qu'elles ont été dépucelées par violence. De quoi il s'est tordu : « Vous êtes bien venues d'attester la violence! Je vous le demande. Si quelqu'un avait dans une main un braquemard nu et, dans l'autre, une gaine ; que, tout le temps, il remuât son fourreau, ne serait-ce pas un moyen sûr de n'invaginer point le braquemard? Eh bien, il est en de même pour les tendrons[16]. »

[16] « ... Le Gouverneur aussitost rendit la bourse à l'homme et puis tint ce discours à la voilée non violée : ma sœur, si, pour défendre votre corps, vous eussiez employé la moytié du courage et de la valeur que vous avez tesmoignée pour défendre cette bourse, les forces d'Hercule ne vous

pourraient jamais forcer. Allez à la bonne heure, ou plus tôt à la mal heure et qu'on ne vous voye plus en cette Isle, ny six lieües à la ronde, sur paine de deux cens coups de foüet. » *L'Histoire de l'audacieux et redoutable chevalier Dom Quixote de la Manche*, trad. F. de Rener.

Une fois, quand, au nouvel an, faut donner leurs étrennes à chaque division, il apporta des cadeaux pleins de goût pour les pupilles des trois collèges. Aux modernes (car nous avons ici des modernes et des anciens), il donna un Saturnus et leur exposa : « Saturnus est une planète frigide convenant bien aux modernes, à cause qu'ils sont eux-mêmes des artistes froids, qui n'observent point saint Thomas, ni les *Copulata*, ni les *Réparations*, d'après le cours du collège de Mont à Cologne. » Mais aux Thomistes, il donna, pour le nouvel an, un éphèbe dormant auprès de Jovis qui s'appelle Ganymèdes. Celui-là cadre avec les Réalistes. De même, en effet, que Ganymèdes décante à Jovis le vin et la cervoise, le doux breuvage du lacaricium[17], histoire bellement interprétée par Torentinus, au livre premier de l'*Æneis*, ainsi les Réalistes infusent en eux-mêmes les Arts et les Sciences. Il ajouta d'autres arguments et tant d'autres choses délectables qu'un homme seul ne les peut admirer en une fois. J'estime qu'il a dû se coucher pendant plusieurs nuits, mais qu'il n'a pas fermé l'œil quand il a spéculé avec tant de perfection et de subtilité. Il en est beaucoup néanmoins qui disent que ce Prêcheur ne fait que débiter des sornettes. Ils ne se privent pas de le nommer *Quaculator* et *Joannes à la tête fêlée* et *Cap d'auque*, pour la raison qu'un jour il resta coi dans une controverse. Alors, ils expédièrent le Docteur avec tant de réalisme que nul, depuis cent ans, ne fut si rondement expédié. L'un d'eux fut l'attendre à la porte de la salle. Puis, ôtant sa barrette (non pour lui rendre hommage, mais à la façon des Juifs quand ils mirent à Christus une couronne et génuflectèrent devant lui) : « Seigneur Docteur, dit-il — révérence parler — que Dieu bénisse votre bain! » A quoi il répondit : « A Dieu grâces, Bacheliers! » et disparut sans ajouter un mot. Quelqu'un m'a dit que ses yeux étaient pleins de larmes et qu'on pense qu'une fois hors de vue, il s'est mis à pleurer. Quand j'ai connu ce méchant persiflage, la colique m'a pris tout à coup et, si j'avais su quel pouvait être ce goguenard, je me fusse harpaillé avec lui quand bien même il aurait dû me fendre la tête avec une planche.

[17] Le *lacaricium* d'Hutten s'identifie, en latin de cuisine, au mot allemand (*lakritze*) *succus liquiritiæ!* jus de réglisse, Ganymède verse du coco à Jupiter!

Mais le docteur *Cap d'auque* conserve encore un disciple. Pour moi, c'est un homme docte, quasi plus que docte et même plus docte que son précepteur, si ce n'est qu'il est tout simplement Bachelier dans la *Bible*. Il y a quelque temps, il y a même fort peu de temps, ce Bachelier intima tout au moins vingt-deux questions et sophismes et toujours contre les modernes, savoir : si Dieu est dans le *Prédicament*, si l'*Essence* et l'*Existence* sont distinctes, si les *Rollations* se séparent de leur fondement, et si les dix *Prédicaments* sont distincts en réalité. A celui-là, que de répondants! Je n'en ai contemplé de ma vie un tel nombre dans un seul amphithéâtre. Il a soutenu lui-même ses propositions, de quoi il s'est fait grand honneur ; car, pour contredire un seul homme, c'était prou d'un seul Maître. Je m'étonne que le dizainier ait permis qu'il en fût autrement. La canicule, sans doute, lui aura donné un coup de marteau, car la chose est contraire aux Statuts. La dispute achevée, j'ai tout de go improvisé à la louange du cathédrant le poème que voici, car j'ai des parties d'humanités :

Voilà un Maître docte,

Qui a intimé, deux ou trois fois,

Ce qui distingue l'*Être* de l'*Essence*

D'avec l'*Être* de l'*Existence*,

Et des *rollations*,

Et des prédicaments la distinction.

Utrum, Dieu qui est dans le firmament

Se trouve-t-il aussi dans les *prédicaments*?

Ce que nul n'avait osé avant lui,

Pendant les siècles des siècles.

Mais en voilà bastante sur ce point. Je veux, à présent, vous dire ou vous écrire quelques petites choses des poètes. Il en est un qui commente Valerius Maximus. Il ne me plaît la moitié autant que vous, lorsque, dans Cologne, vous paraphrasiez de même Valerius Maximus. Celui-ci procède tout uniment. Vous, au contraire, pour exprimer le mépris de la Religion, les songes, les auspices, vous alléguiez les Saintes Écritures, c'est-à-dire la Chaîne d'Or qui embrasse toutes les œuvres de Thomas le Béat, de Durandus et autres Sublimes en Théologie. Vous nous recommandâtes de bien noter ces passages empruntés à l'Écriture, d'y peindre une main et de les retenir par cœur.

Vous saurez de plus que nous n'avons pas ici autant de Suppôts comme on en voit dans Cologne. A Cologne, les étudiants peuvent être comme sont les scutaires[18] à Heidelberg. Même quelques-uns d'entre eux portent le ceinturon avec le bouclier, chose que l'on ne veut point admettre ici. Tous, en effet, ont leur table au Collège et doivent figurer au matricule de l'Université. Mais leur petit nombre ne les empêche pas d'être audacieux et non moins hardis que les troupes de Cologne. Ils ont tout récemment dégringolé un régent du collège qui mouchardait à la porte de leur salle, ayant compris qu'ils biberonnaient à l'intérieur. L'un d'eux, voulant sortir, tomba sur le bonhomme et le jeta rudement à travers l'escalier. Enfin, ils poussent la bravoure jusqu'à se gourmer avec les reîtres, comme ceux de Cologne avec les taillandiers. Ils marchent à la façon des reîtres, portant le glaive nu, et des arcs, et des épées, même des *plumbatum*[19] où se peut tendre une corde qui sert à décocher le projectile et qu'ensuite ils ramènent à eux. Des reîtres, naguère, ont entamé le cuir d'un *Domicellus* qui, d'effroi, tomba par terre ; mais, se relevant aussitôt, il fit une défense réaliste, frappant, espadonnant sur tous, jusqu'au temps qu'ils aient invoqué saint Valentin et pris leurs jambes à leur cou.

[18] Victor Develay traduit par « archers ». Ce bibliothécaire ne recule jamais devant une explication à la portée des simples. Forcellini pourtant, ni Du Cange ni la *Crusca* ne traduisent le mot *Scutones*, ni deux lignes plus bas le mot *parthecas*. Convient-il de lire *parthicas*?

[19] *Flagellum, cujus lora plumbeis globulis in extremo instructa erant.* DU CANGE, *Glossaire.* Serait-ce la *nagaïka* russe ou mieux la « plombée » de Froissart? Mais ne faut-il pas traduire par « arbalète »?

Encore une chose sur quoi vous devez être éclairé : demandez, je vous prie, au docteur Arnoldus de Tongres qui n'est pas manchot en Théologie, s'il est permis de jouer aux dés pour gagner des indulgences. Je connais certains compagnons, grands ribauds, lesquels ont joué toutes les indulgences que leur avait accordées Jacobus de Altaplatea[20], quand il eut terminé le procès de Reuchlin à Mayence. Ils sont trois qui prétendent que de telles indulgences ne profitent à qui que ce soit. Dans le cas où cela, comme je le suppose, serait un péché (et bien est-il impossible que ce ne soit un péché), les trois compères me sont parfaitement connus. Je les signalerai aux Prêcheurs qui les couvriront de confusion dans les règles. Moi-même, je veux en personne (car j'ai assez de bravoure pour cela) m'évertuer de les réduire par la famine.

[20] Nom latinisé d'Hoogstraten.

Je n'ai plus rien à vous écrire, sinon qu'il vous plaise saluer de ma part la servante de Quentels, qui ne tardera pas à se vider. Portez-vous bien pancratiquement, athlétiquement, pugiliquement, royalement et magnifiquement, comme dit Erasmus en ses *Paraboles*.

Donné à Heidelberg.

XLVII

JACOBUS DE ALTAPLATEA, PROFESSEUR TRÈS HUMBLE DES SEPT ARTS INGÉNUS ET LIBÉRAUX, NON MOINS QUE DE SANCTISSIME THÉOLOGIE ; EN OUTRE, DANS QUELQUES PROVINCES DE GERMANIA, MAITRE DES HÉRÉTIQUES, C'EST-A-DIRE LEUR CORRECTEUR, A ORTUINUS GRATIUS DE DEVENTER, DOMICILIÉ POUR LA VIE A COLOGNE, SALUT DANS NOTRE-SEIGNEUR JESUS-CHRISTUS.

Jamais ne fut aux ruricoles tant duisante, après une longue sécheresse, la très douce pluie, et tant bienvenu le soleil après de longs brouillards, que l'a été pour moi votre message expédié à Rome où je l'ai reçu.

D'en avoir fait lecture, une jubilation telle m'a ému que j'eusse pleuré de grand cœur. Il me semblait que nous étions encore dans votre maison de Cologne, quand nous buvions de compagnie un ou deux quartauds, soit de vin, soit de bière, et que nous prenions plaisir au jeu de l'Oye : aussi ma pensée était en fête.

Mais il vous plaît qu'à mon tour j'imite votre exemple et que je vous écrive quels sont mes gestes dans cette Rome ici, tant de vous éloignée, et comment, pour moi, les conjonctures se succèdent? Je le ferai de bien bon cœur. Apprenez donc que je suis encore sain par l'influx de la Divinité. Mais, combien que je sois encore sain, je ne goûte pas le moindre contentement au séjour qu'il me faut faire en cette Rome ; car le procès que j'y plaide est en possession de tourner à ma honte. Je voudrais ne l'avoir oncques entamé. Ici, tout la monde me prend pour chouette et m'inflige des vexations. Reuchlin est beaucoup plus notoire qu'en Allemagne : force cardinaux, et des évêques, et des prélats, et des courtisans aiment lui. Si je n'avais entrepris cette maudite affaire, je serais encore dans Cologne, buvant à pleins brocs et me rassasiant du meilleur, tandis qu'ici j'ai quelquefois à peine un chanteau de pain sec. Je crois même aussi qu'en Allemagne les choses ne tarderont pas à se gâter. Cela tient à mon absence : tous, déjà, écrivent sur la Théologie, au gré de leur humeur. On va jusqu'à prétendre qu'Erasmus de Rotterdam a composé plusieurs traités sur cette matière. Or, j'opine qu'il ne saurait le faire en toute rectitude. Lui-même, naguère, dans un libelle, mécanisa les théologiens, et voici qu'à présent il compose théologiquement, de quoi je demeure stupéfait. Que je sois de retour en Allemagne! Je lirai ses codicilles et que je trouve alors un point, un seul point, un fétu de point que l'erreur coïnquine! Il verra ce que je veux de lui, agrippé à sa couenne. Le butor écrit en grec, ce qui ne se doit en aucune manière, car nous sommes latins et nullement grecs. S'il veut écrire et que nul ne l'entende, pourquoi ne s'exprime-t-il pas en italien, hongre ou samogitique? Nul, en ce cas, n'y comprendrait goutte. Qu'il se rende conforme à nous, théologiens, au nom de cent diables! Qu'il écrive par *utrum*, et *contra*, et *arguitur*, et par *conclusion*, et par *réplique* suivant la coutume des théologiens. Ainsi, nous-mêmes le lirons.

Je ne saurais vous mander toutes choses ni vous dire quelle est, en ce lieu, ma pauvreté. Quand m'aperçoivent les membres de la Curie romaine, ils me traitent d'apostat. Ils disent que je me suis encouru de mon Ordre. Ils en font de même au docteur Petrus Meyer, plébain de Francfort : car ils vexent le pauvre homme aussi bien que moi, à cause qu'il m'est favorable. Lui, cependant, reste en meilleure posture, nanti d'un bon office, étant chapelain sur l'*Ara-Cœli*, poste recommandable, par les Immortels! encore que ces courtisans le réputent comme le plus abject emploi qui se puisse occuper dans Rome. Mais cela ne fait rien. S'ils parlent, c'est envie ; or donc, Petrus Meyer tire son pain de la charge en question. Il se nourrit vaille que vaille, en attendant qu'il mène à bien son litige avec les Francfortois. Nous déambulons quasi tout le jour parmi le Champ de Flora, expectant des gueules allemandes, car nous avons le plus grand plaisir à voir nos braves Teutons. Viennent alors ces membres de la Curie romaine. Ils nous montrent au doigt, font sur nous des gorges chaudes : « Vous voyez bien, disent-ils, ces deux galants qui se promènent? Ce sont eux qui prétendent avaler Reuchlin. Ils le mangeront, d'abord. Ensuite, ils le merdifieront. » Enfin, nous sommes tarabustés de telles vexations que les cailloux eux-mêmes devraient en être émus. Alors, notre pieux curé de dire : « Sainte Maria! qu'est-ce que cela peut bien nous foutre? Et d'ailleurs, mon frère, nous le voulons prendre en patience pour l'amour de Dieu, lequel pour nous a grandement pâti. Nous sommes théologiens. A ce titre, nous devons faire profession de humilité et le monde nous incaguer abondamment. » Derechef, il me fait ainsi l'humeur joyeuse et je pourpense : « Les gars disent ce qu'ils veulent. Eux-mêmes, néanmoins, n'ont pas tout ce qu'ils veulent. » Si nous étions dans la patrie et qu'un quidam s'avisât de nous berner de la sorte, nous ne manquerions pas, à notre tour, de lui dire ou de lui faire quelque notable avanie, à cause que j'arriverais sans peine à gonfler contre lui la plus minime accusation.

Tout récemment, nous allâmes faire un tour de compagnie. En ce moment, deux ou trois individus marchaient sur le mail, à quelques pas devant nous, ce qui fait que nous étions derrière eux. C'est alors que je trouvai une cédule que, j'en suis convaincu, l'un de ces particuliers avait perdue à bon escient et pour que nous la ramassassions. Elle contenait les mètres que voici :

ÉPITAPHE D'HOOGSTRAETEN

Ire, fureur, dol, rage, inclémence et blême envie,

Quand succombe Hogstratus, ne meurent point du même coup.

Il en boutura les rejets dans l'insipide vulgaire :

Ce fut le don et le monument de son génie.

AUTRE

Croissez, ifs! croissent les aconits d'un tel sépulcre!

Avait celui qui gît sous cette pierre osé tous les forfaits.

AUTRE

Pleurez, mauvais! gaudissez-vous, braves gens! une seule mort, entre ces deux

Troupes survenant, enlève à ceux-ci, donne à ceux-là.

AUTRE

Ici gît Hogstratus, lequel, vivant, souffrir et endurer

Les méchants ont pu, ains jamais les bons :

Lui-même se retire de la vie, indigné contre elle,

Marri de ce que le pouvoir de nuire encore lui est tollu.

Le plébain et moi, quand nous eûmes ce libelle trouvé, nous l'emportâmes sur-le-champ à la maison et procombâmes dessus pendant huit ou quatre et dix jours, sans le pouvoir entendre. Il me semble que j'y dois être mécanisé, à cause que le nom d'*Hogstratus* figure dans ces vers. Néanmoins, je cogite que ce ne peut être moi qu'ils atteignent : en effet ce n'est pas ainsi que je me nomme en latin, mais bien *Jacobus de Altaplatea*, sinon, en vulgaire, Hoogstraeten. C'est pourquoi je vous fais tenir la lettre afin que, l'ayant interprétée, il vous plaise mettre fin à mon incertitude et me dire si c'est de moi ou d'un autre qu'il s'agit. Si c'est moi (ce que je me refuse à croire, car il est évident que je ne suis pas mort), je veux alors mener une enquête ; puis, lorsque je tiendrai l'auteur, je lui chaufferai un bain qui ne lui donnera pas de quoi rire. La chose est bien aisée ; en effet, j'ai ici un bon fauteur qui est mon âme damnée, Stafir, cardinal de Saint-Eusebius. Il fera le nécessaire pour que notre homme vienne en prison, qu'il y mange du pain et de l'eau et qu'il y prenne le trousse-galant. Par ainsi, faites diligence ; écrivez-moi au plus tôt votre sentiment et corroborez ma certitude.

J'ai, en outre, depuis peu, ouï-dire que Johannes Pffefferkorn s'est rendu Juif itérativement. Je n'en crois pas un mot. Ne prétendait-on pas, voici deux ou trois ans, que le margrave de Halles avait fait ardre ce cher homme? La nouvelle était controuvée en ce qui le concerne, mais véridique pour un autre qui portait le même nom. Et je n'admets pas qu'il se fasse *mammalucus* ayant, comme il l'a fait, déblatéré contre les Juifs. Ce serait un déshonneur pour tous les Théologiens et les Prêcheurs de Cologne puisque auparavant il était avec eux de la dernière intimité. Les gens peuvent narrer tout ce qu'ils veulent, encore une fois je n'en crois rien, de par la sainsangrebois! Et vous, tout de même, portez-vous à souhait.

Donné à Rome en l'hôtellerie de la Campane dans le Champ de Flora, le vingt-unième d'Avoust.

XLVIII

WENDELINUS PANNISTONSOR, BACHELIER A STRASBOURG ET CHANTRE, DONNE A MAITRE ORTUINUS GRATIUS DE MULTIPLES SALUTS.

Vous m'encoulpez dans votre dernier message, à cause que l'atrament est, à mes yeux, dites-vous, tel que du baume, le calame tel que du cinnamome, le papyrus tel que de l'or. C'est pour cela que je vous écris parcimonieusement comme je fais. Eh bien! je me propose, dorénavant et toujours, de vous prodiguer mes lettres, momentanément pour ce que vous fûtes mon précepteur, dans la cinquième classe à Deventer, pour ce que vous fûtes le *vittrinus* mien. De sorte que je suis tenu de vous écrire. Mais parce que je ne sais la moindre nouvelle, je vous marquerai tout autre chose. Néanmoins, je conviens que mon historiette n'est aucunement pour vous éjouir, vous si indulgent pour les côtés faibles des Prêcheurs.

Dernièrement, nous avons pris place à un *symposium*. Un vint s'asseoir à table, qui baragouinait latin si admirable que je n'entendais pas la plupart des termes, mais bien quelques mots de çà de là. Par exemple, il s'outrecuidait de composer un traité, à paraître pour la foire prochaine de Francfort, lequel s'intitulera *Catalogue des Prévaricateurs, à savoir des Prédicateurs* et de publier toutes les scélératesses qu'ils ont faites, car ils sont les plus scélérats de tous les Ordres connus. D'abord comment il advint, à Berne, que le Prieur et les Supérieurs introduisirent des garces dans le cloître ; comment ils firent un nouveau saint Franciscus ; comment la béate Vierge et les autres saintes apparurent à Nolhardus ; de même, en quelle façon les moines voulurent, par la suite, donner le boucon à ce même Nolhardus dans le corps de Christus ; enfin, comment ces moines, pour tant de noirceurs et de crimes, furent menés au bûcher.

Il se targuait en outre de narrer comment, une autre fois, dans l'église de Mayence, devant le maître-autel, certain Prêcheur besogna sa mérétrice. Quand les autres putes se harpaillaient avec elle, c'étaient des noms d'amitié : « Paillasse de moine! Vache d'église! » ou « Salope d'autel! » Des hommes ont ouï ces propos ; ils connaissent encore la putain.

Le quidam se propose de rappeler aussi l'aventure de ce Prêcheur qui voulut une fois, à Mayence, dans l'auberge de la Couronne, larder la servante, lorsque les Prêcheurs d'Augsbourg eurent, là-bas, leurs indulgences et dormirent dans ce bouchon. La servante donc s'apprêtait à faire un lit. Notre moine la reluque, prend la piste de son derrière et, la jetant sur le carreau, se met en posture de la cuisser tout net. Elle, de beugler comme un pourceau qu'on égorge : des hommes opportuns d'accourir à son aide. Faute d'un tel secours, la péronnelle eût subi les derniers outrages, sans avoir même le temps de crier merci.

Il pense encore divulguer comment ici, à Strasbourg, dans le cloître des Prêcheurs, quelques moines ont fait entrer des cataus, les ont dans leurs cellules introduites par le chemin de halage qui borde le couvent ; puis, ayant tondu les cheveux de ces dames, elles sont allées aux emplettes, achetant du poisson à leurs cocus, pêcheurs de leur état, si bien qu'elles ont été reconnues en plein marché. Telles sont malpropretés que firent les cucupiètres en compagnie de ces salopes.

En voulez-vous d'autres? Un Prêcheur s'en fut, il y a quelque temps, promener avec une moinesse. Ils prirent par mégarde le chemin des écoles pour y jouer du serre-cropière. Et voilà qu'une troupe d'étudiants les aperçoit, entraîne chez eux le couple monacal et se met en devoir de les fustiger d'importance. Quand ils en furent à retrousser la margot, ils constatèrent qu'elle portait une vulve entre les jambes, de quoi ils se gaudirent comme il faut et les renvoyèrent en paix, mais non sans que l'anecdote s'ébruitât par la ville et devînt le principal de tous les commérages.

Alors, parbleu! je fus grandement irrité d'ouïr ces mauvais propos : « Vous avez tort, dis-je au médisant, de proférer ces choses. Étant même posé le cas de leur bien-fondé, votre devoir serait encore de les passer sous silence. Car il pourrait bien advenir que tous les Prêcheurs fussent égorgés en une heure, à l'instar des Templiers, si le public était informé de ces cochonneries. » A quoi il riposta : « J'en sais encore tant que je ne les pourrais coucher en écrit sur vingt *arcus* de grand papier. » — « Pourquoi, repris-je, imputer à tous les Prêcheurs des actes que, cependant tous n'ont pas commis? S'il en est à Mayence, à Augsbourg, à Strasbourg que vous traitez justement de saligauds, on en peut voir ailleurs d'une éclatante probité. » Mais lui : « Comment, dit-il, pensez-vous me confondre? Sans doute vous êtes fils de Prêcheurs. Peut-être que vous-même fûtes Prêcheur aussi : noncupez-moi un seul cloître où soient des Prêcheurs honnêtes gens? » — « Qu'ont fait ceux de Francfort? » demandai-je. « L'ignorez-vous? dit-il. Ils ont chez eux un principal du nom de Wigandus. C'est la tête des iniquités. C'est lui qui machina cette hérésie à Berne, lui qui fit un libelle sur Wuesalius, libelle que, par la suite, à Heidelberg, il a cassé, révoqué, annulé et extirpé ; lui enfin qui composa un autre volume, *Die Sturmglock*, mais qui, n'ayant pas l'audace de le publier sous son nom, délégua Johannes Pffefferkorn à la signature, lui promettant la moitié des droits d'auteur. Bonne spéculation et dont, à coup sûr, il a lieu d'être satisfait! Il n'ignore pas que Johannes Pffefferkorn se fout du tiers comme du quart et ne se soucie pas davantage de sa réputation, quoiqu'il soit appâté par l'espoir du lucre, d'après la coutume en vigueur chez tous les Juifs. »

Quand je me suis aperçu que la galerie était pour mon adversaire et non pour moi, j'ai fait la retraite, mais dans une ire inexprimable qu'il n'ait pas été seul, car j'eusse voulu poser le diable à ses côtés. Portez-vous bien.

Donné à Strasbourg, la férie quatrième après la fête de Saint Bernardus, an 1516.

XLIX

LETTRE DE CERTAIN DÉVOT ET MÊME INTRÉPIDE FRÈRE DE L'ORDRE SAINT AUTANT QU'IMPOLLU, C'EST-A-DIRE DU SURHUMAIN AUGUSTINUS, TOUCHANT LES MAUVAISES NOUVEAUTÉS DERNIÈREMENT SURVENUES A COLMAR.

(L'IRE DIVINE EST SUR NOUS, PROCH! BON DIEU!)

L'HUMBLE FRÈRE JOANNES DE TOLÈDE AU RÉVÉREND PÈRE, FRÈRE RICHARDUS DE KALBERSTAD, DOM VÉRITABLEMENT PRÉDESTINÉ, OFFRE DE MULTIPLES SALUTATIONS.

Je ne saurais, mon très cher Frère, sans épines intérieures et sans navrure d'âme, vous tenir secrets les événements surgis et advenus depuis peu dans cette ville, pour notre saint Ordre et pour nous.

Nous possédons au couvent un Frère que vous connaissez, homme remarquable, utile au monastère et à toute la communauté, à cause qu'il chante au chœur d'une voix d'ophicléide et touche de l'orgue supérieurement.

Naguère, il parla et pérora devant une belle dame fautrice de l'Ordre (ou qui, du moins, le fut jadis, car elle apostasia par la suite et devint une maligne bête) ; il lui tint de si beaux discours qu'elle vint le rejoindre au monastère où elle passa trois nuits. Alors, deux ou trois Frères lui rendirent visite qui furent tous de belle humeur et s'amusèrent à la cochonner un peu. Comme dans la fête de Codrus, ils batifolèrent entre ses jambes drument et fréquemment. Quand ce fut le jour de retourner chez soi, le Père lui dit : « Viens, je veux t'emmener au dehors, afin que nul ne te voie. » Elle répondit : « Donne-moi d'abord mon salaire, pour toi et pour les autres qui m'ont grimpé dessus. » — « Je ne peux, répliqua-t-il, donner pour autrui. » Il y avait ce jour-là, au chœur, un office plénier dont lui-même était l'officiant. Donc, force lui fut d'aller au chœur pour entamer et conclure les matines. La chose faite, retourna vers la pécore en aube et en dalmatique, lui fit sur la poitrine de mauvaises manières, se divertit avec ses mamelles et prit quelque plaisir dans son giron ; enfin l'amignarda si soëvement qu'il ne prévoyait de sa part aucunes représailles. Cependant le marguillier sonna pour le chœur. Lui de se précipiter en aube et sans ses braies, afin d'assister aux choses divines. Quand il regagna sa cellule, ne voilà-t-il pas que la mauvaise chienne s'était donné de l'escampette, emportant avec elle un froc tout neuf, plus sa cuculle de panne noire! Au logis arrivée, elle s'empressa de le tailler en morceaux ne craignant pas d'encourir la peine d'excommunication pour avoir mis en pièces un habit consacré. Ainsi fut accomplie en réalité cette parole : *Ils se sont imparti mes vêtements.* Certains Pères zélés ajoutent même que sa mauvaise bête a dû trouver quatorze couronnes dans le lyripipion de la cuculle, ce qui serait, heuh! *proch!* douleur! un dam fort onéreux ; mais les uns le croient et d'autres n'en font que rire.

Alors, quand le bon Père constata l'avarie et le dommage, il s'en fut vers le *pedellus*, courrier de la ville (que les nouveaux latinistes appellent « messager ») : « Cher, lui dit-il, va voir cette pute et lui dis de me rendre ma cuculle. » — « Je n'irai pas sur votre commandement, répondit le *pedellus*, mais quand le magistrat m'en aura intimé l'ordre. »

Sur ce, le Père animé d'un beau zèle, mais trop à l'inconsidérée et parce que le magistrat est ami de nos Pères, s'en fut le trouver et déposer sa plainte. Le juge ouvrit l'instruction. Il manda la putain. Quand elle fut en sa présence, il s'enquit de la raison pourquoi elle avait dérobé cette cuculle. Elle se rebiffa et, sans la moindre vergogne, narra par le menu toute l'histoire, comment elle avait passé trois nuits au monastère et que, virilement chevauchée, on refusa au départ de lui bailler ses gants. Bien entendu, le magistrat n'exigea point la restitution de la cuculle, mais il dit au Père : « Vous donnez de bien mauvais exemples ; cela ne peut durer longtemps. Va-t'en, au nom de cent mille diables, et reste sans bouger dans ton couvent! » Ainsi le bon Père quitta l'audience, honteux et mortifié. On se trupha de lui. Quand on l'eut suffisamment tourné en dérision, nos Supérieurs nous imposèrent une croix bien lourde en nous inhibant, sous des peines majeures, les promenades hors du monastère, par les chemins et par les carrefours.

Le Révérend Père Frère prieur était en déplacement quand la chose arriva. Mais au retour de son voyage, il fit déduire la chose au Père provincial, notre Dom très gracieux. C'est un homme docte, illuminé. C'est un flambeau du Monde qui, par deux fois, se comporta valeureusement dans ses disputes contre les hérétiques. Il les a confondus, encore qu'ils n'aient pas voulu en convenir, ces salauds de mécréants. Alors le Père provincial vint aussitôt dans la ville, accompagné du prieur. Tous deux furent très mécontents de ce Frère qui, fort étourdiment, avait saisi le magistrat de sa querelle. Nous eussions mieux fait d'acheter pour lui une cuculle neuve, de la panne la meilleure. Voilà bien le préjudice qu'amène avec soi trop de zèle!

Immédiatement, le Provincial fut trouver sénateurs et magistrats, sollicitant pour nous une autorisation itérative d'aller du monastère dans les rues, mais il ne put impétrer quoi que ce soit : tous lui répondirent que la décision prise était irrévocable.

C'est peu de nous tenir sous clef. Ils veulent encore nous imposer un *factor* qu'ils appellent curateur. Cet intrus sera chargé de vaquer aux recettes et aux dépenses, ne nous donnant plus que le strict nécessaire. Certes, si la chose a lieu, la liberté ecclésiastique est à jamais perdue, puisque le diable est installé au monastère. O mon père bien-aimé! fallait-il que nous vissions un pareil sacrilège de notre vivant! Qui jamais eût présagé une telle douleur? Quoi! nos champions les plus zélés se retirent de nous!

A coup sûr, le Révérend Père prieur est grandement contristé. Il fut, pendant quelques jours, mal en point d'avoir subi une telle mortification. Aujourd'hui, c'est l'octave. Aussi, de bon matin, après sa troisième digestion, il a été pris d'une sueur mauvaise. Ensuite de quoi il s'est levé pour accomplir la besogne de nature. Il a chié malaisément. La selle n'était pas grosse, mais ténue ; il n'a pas laissé néanmoins que d'en être soulagé. Il compte, pour se remettre, sur les talents d'une fautrice dévote de notre communauté. Elle cuisine à point de bons *juscula*, des pets-de-nonne et autres chatteries.

Très cher Frère, si les laïques deviennent nos maîtres, ils se moqueront de nous. Ils ont déjà édité un proverbe sur notre compte qu'ils ont pris d'un vieux mot que l'on prête à un curé. Ce curé prisait fort le bon fromage. Quand il fut, pendant la Nuit Sainte, au jeu pascal, sa catau lui larronna son bon fromage. Au retour, il ne trouva que l'assiette et cria : « Par les dieux saints! ma toupie a gobé le fromage! » A présent, si quelquefois, du haut des murs, nous prospectons vers la place afin de nous distraire un peu, ils accommodent le proverbe, non simplement, mais par contraposition et goguenardant : « Écoutez! Par les dieux saints! la pute a gobé votre cuculle! »

Frère pieux, il faut donc endurer de nombreuses et grandes persécutions à cause de notre Ordre, et les vexations que nous infligent ces laïques maudits!

Et maintenant les paroles de l'*Écriture* s'accomplissent chez nous : *Des esclaves ont dominé sur notre tête et nul ne s'est trouvé qui nous rachetât de leurs mains. Les vieillards ont déserté les portes, les jeunes hommes, le chœur de la psalette. La joie est tombée de nos poitrines. Nos chants, nos hymnes sont changés en lamentations.*

Très cher Frère, priez Dieu pour nous, afin qu'il nous délivre des persécuteurs laïques. Mais, quoi que vous entrepreniez, mon bon Frère, ayez cure que ces méchants grimauds de poètes séculiers ne prennent vent de ma lettre et ne la lisent point ; faute de quoi ils se mettraient encore à déblatérer contre nous.

Portez-vous bien pancratiquement, Frère pieux et très cher.

Donné en notre monastère, dans le huitième jour du mois de mai, l'an du Seigneur 1537.

> Si quelqu'un veut bonifier cette épître d'élégance, libre à lui, mais il doit conserver le fond de l'historiette dans son intégrité, car elle est véridique et l'on ne peut retracer plus fâcheuse aventure que les maux dont nous sommes accablés.
>
> Cette lettre fut envoyée de Brabant à un Frère très dévot de Mayence, pour lui faire part de nos calamités et des innovations antichrétiennes.

On se lasse de tout

excepté de connaître

APPENDICE

CATALOGUE DE LA LIBRAIRIE SAINT-VICTOR

(RABELAIS. *Pantagruel*).

COMMENT PANTAGRUEL VINT A PARIS, ET DES BEAUX LIVRES DE LA LIBRAIRIE DE SAINT-VICTOR

… Ce fait, vint à Paris avec ses gens. Et, à son entrée, tout le monde sortit hors pour le voir, comme vous savez bien que le peuple de Paris maillotinier est sot par nature, par bequarre et par bemol ; et le regardoient en grand esbahissement, et non sans grande peur qu'il n'emportast le palais ailleurs, en quelque pays *a remotis*, comme son père avoit emporté les campanes de Nostre Dame, pour attacher au col de sa jument. Et, après quelque espace de temps qu'il y eût demouré, et fort bien estudié en tous les sept arts libéraux, il disoit que c'estoit une bonne ville pour vivre, mais non pour mourir ; car les guenaulx de Saint-Innocent se chauffoient le cul des ossemens des mors. Et trouva la librairie de Saint-Victor fort magnifique, mesmement d'aucuns livres qu'il y trouva, desquelz s'ensuit le répertoire, et *primo* :

- *Bigua salutis.*
- *Bragueta juris.*
- *Pantoufla decretorum.*
- *Malogranatum vitiorum.*
- Le Peloton de théologie.
- **Le Vistempenard des prescheurs, composé par Turlupin.**
- La Couille barrine des preux.
- Les Hanebanes des evesques.
- *Marmotretus, de babouynis et cingis, cum commento Dorbellis.*
- *Decretum universitatis Parisiensis super gorgiasitate muliercularum, ad placitum.*
- L'apparition de Sainte Geltrude à une nonnain de Poissy estant en mal d'enfant.
- **Ars honeste petandi in societate, per M. Ortuinum.**
- Le Moustardier de penitence.
- Les Houseaulx, *alias* les bottes de patience.
- *Formicarium artium.*

- *De Brodiorum usu et honestate chopinandi, per Silvestrem Prieratem, Jacopinum.*
- Le Beliné en court.
- Le Cabat des notaires.
- Le Pacquet de mariage.
- Le Creusiou de contemplation.
- Les Fariboles de droit.
- L'Aguillon de vin.
- L'Esperon de fromaige.
- *Decrotatorium scholarium.*
- *Tartaretus, de modo cacandi.*
- Les Fanfares de Rome.
- *Bricot, de differentiis soupparum.*
- Le Culot de discipline.
- La Savate d'humilité.
- Le Tripier de bon pensement.
- Le Chaudron de magnanimité.
- Les Hanicrochemens des confesseurs.
- La Croquignolle des curés.
- *Reverendi patris fratris Lubini, provincialis Bavardie, de croquendis lardonibus libri tres.*
- *Pasquilli, doctoris marmorei, de capreolis cum chardoneta comedendis, tempore papali ab Ecclesia interdicto.*
- L'invention Sainte-Croix, à six personnages, jouée par les clercs de finesse.
- Les Lunettes des Romipètes.
- *Maioris, de modo faciendi boudinos.*
- La Cornemuse des prelatz.
- *Beda, de optimitate triparum.*
- La Complainte des advocatz sur la réformation des dragées.

- Le Chat fourré des procureurs.
- Des Pois au lard, *cum commento.*
- La Profiterolle des indulgences.
- *Preclarissimi juris utriusque doctoris Maistre Pilloti Raquedenari, de bobelinandis glosse Accursiane baguenaudis repetitio enucidiluculidissima.*
- *Stratagemata francarchieri* de Baignolet.
- *Franctopinus, de re militari, cum figuris Tevoti.*
- *De usu et utilitate escorchandi equos et equas, authore M. Nostro de Quebecu.*
- La Rustrie des prestolans.
- *M. n. Rostocostojambedanesse, de moustarda post prandium servienda, lib. quatuordecim, apostillati per M. Vaurrillonis.*
- Le Couillage des promoteurs.
- *Jabolenus, de cosmographia purgatorii.*
- *Questio subtilissima, utrum Chimera, in vacuo bombinans, possit comedere secundas intentiones : et fuit debatuta per decem hebdomadas in concilio Constantiensi.*
- Le Maschefain des advocatz.
- *Barbouillamenta Scoti.*
- La Ratepenade des cardinaux.
- *De Calcaribus removendis decades undecim, per M. Albericum de Rosata.*
- *Ejusdem, de castrametandis crinibus lib. tres.*
- L'entrée d'Anthoine de Leive es terres du Brésil.
- *Marforii, bacalarii cubantis Rome, de pelendis mascarendisque cardinalium mulis.*
- Apologie d'iceluy, contre ceux qui disent que la mule du pape ne mange qu'à ses heures.
- *Pronosticatio que incipit, Silvii Triquebille, balata per M. N. Songecrusyon.*
- *Bondarini, episcopi, de emulgentiarum profectibus enneades novem, cum privilegio papali ad triennium, et postea non.*
- Le Chiabrena des pucelles.
- Le Cul pelé des veuves.

- La Coqueluche des moines.
- Les Brimborions des padres célestins.
- Le Barrage de manducité.
- Le Clacquedent des maroufles.
- La Ratouere des théologiens.
- L'Ambouchouoir des maistres en ars.
- Les Marmitons de Olcam, à simple tonsure.
- *Magistri N. Fripesaulcetis de grabellationibus, horarum canonicarum, lib. quadraginta.*
- *Cullebutatorium confratriarum, incerto authore.*
- La Cabourne des briffaux.
- Le Faguenat des Espagnolz, supercoquelicanticque par Frai Inigo.
- La Barbottine des marmiteux.
- *Poltronismus rerum Italicarum, authore magistro* Bruslefer.
- *R. Lullius, de batifolagiis principum.*
- **Calibistratorium caffardie, actore M. Jacobo Hocstratem hereticometra.**
- *Chaultcouillonis, de magistronostrandorum magistronostratorumque beuvetis, lib. octo galantissimi.*
- *Les Petarrades des bullistes, copistes, scripteurs, abbreviateurs, referendaires, et dataires, compillées par* Regis.
- Almanach perpétuel pour les goutteux et vérolés.
- *Maneries ramonandi fournellos, per M. Eccium.*
- Le Poulemart des marchans.
- Les Aises de vie monachale.
- La Gualimaffrée des bigotz.
- L'Histoire des farfadetz.
- La Bellistrandye des millesouldiers.
- Les Happelourdes des officiaux.
- La Bauduffe des thésauriers.

- *Badinatorium Sorboniformium.*
- *Antipericatametana parbeuge damphicribrationes merdicantium.*
- Le Limasson des rimasseurs.
- Le Boutavent des alchymistes.
- La Nicquenocque des questeurs, cababezacée par frère Serratis.
- Les Entraves de religion.
- La Racquette des brimballeurs.
- L'Accoudouoir de vieillesse.
- La Muselière de noblesse.
- Le Patenostre du cinge.
- Les Grezillons de devotion.
- La Marmite des quatre-temps.
- Le Mortier de vie politicque.
- Le Mouschet des hermites.
- La Barbute des penitenciers.
- Le Trictrac des frères frappars.
- *Lourdaudus, de vita et honestate braguardorum.*
- *Lyripipii, sorbonici, moralisationes, per M. Lupoldum.*
- Les Brimbelettes des voyageurs.
- **Tarraballationes doctorum Coloniensium adversus Reuchlin.**
- Les Potingues des evesques potatifz.
- Les Cymbales des dames.
- La Martingalle des fianteurs.
- *Virevoustorium nacquettorum, per F. Pedebilletis.*
- Les Bobelins de franc couraige.
- La Mommerie des rabatz et lutins.
- Gerson, *de auferibilitate pape ab Ecclesia.*
- La Ramasse des nommés et gradués.

- *Jo. Dytembrodii, de terribilitate excommunicationum libellulus acephalos.*
- *Ingeniositas invocandi diabolos et diabolas, per M. Guindolfum.*
- Le Hoschepot des perpetuons.
- La Morisque des hérétiques.
- Les Henilles de Gaietan.
- *Moillegroin, doctoris cherubici, de origine patepelutarum, et torticollorum ritibus, lib. septem.*
- *Campi clysteriorum per S. C.*
- Le Tirepet des apothycaires.
- Le Baisecul de chirurgie.
- *Justinianus, de cagotis tollendis.*
- *Antidotarium anime.*
- *M. Merlinus Coccaius, de patria diabolorum.*
- Desquelz aucuns sont ja imprimés, et les autres l'on imprime maintenant en ceste noble ville de Tubinge.
- Soixante et neuf Breviaires de haute gresse.
- Le Gaudemarre des cinq ordres des mendians.
- La Pelleterie des tirelupins, extraicte de la botte fauve incornifistibulée en la somme angelicque.
- Le Ravasseur des cas de conscience.
- La Bedondaine des presidens.
- Le Vietdazouer des abbés.
- *Sutoris, adversus quemdam qui vocaverat eum friponnatorem, et quod fripponnatores non sunt damnati ab Ecclesia.*
- *Cacatorium medicorum.*
- Le Ramoneur d'astrologie.

RABELAIS (édition Burgaud des Marets et Rathery), *Pantagruel*, liv. II, chap. VII.

FIN

www.ingramcontent.com/pod-product-compliance
Lightning Source LLC
LaVergne TN
LVHW090406051026
849518LV00006B/2248